W0364839

Quedaos en la trinchera
y luego corred

JOHN BOYNE

Quedaos en la trinchera y luego corred

Traducción de Rosa Pérez Pérez

Círculo de Lectores

Para mis padres

1

Despídeme con una sonrisa

Todas las noches, antes de dormirse, Alfie Summerfield intentaba rememorar cómo había sido su vida antes de que empezara la guerra. Pero cada día se le hacía más difícil recordarlo todo con claridad.

Los enfrentamientos habían comenzado el 28 de julio de 1914. Puede que otras personas no recordaran la fecha con tanta facilidad, pero Alfie jamás la olvidaría, porque era su fecha de nacimiento. Había cumplido cinco años ese día, y sus padres le habían organizado una fiesta para celebrarlo, pero sólo habían acudido unas pocas personas: la abuela Summerfield, que se sentó a llorar en un rincón con el pañuelo en la mano y empezó a decir: «Estamos acabados, estamos todos acabados», una y otra vez, hasta que la madre de Alfie le dijo que si no se calmaba iba a tener que irse; el Viejo Bill Hemperton, el vecino australiano de la casa de al lado, que tenía unos cien años y hacía un numerito con la dentadura postiza que consistía en sacársela de la boca y volver a metérsela sin utilizar nada aparte de la lengua; la mejor amiga de Alfie, Kalena Janáček, que vivía a tres casas de la suya, en el número seis, y su padre, que era el dueño de la tienda de golosinas de la esquina y llevaba los zapatos más relucientes de todo Londres. Alfie había invitado a casi todos sus amigos de Damley Road, pero esa mañana, una a una, sus madres habían llamado a la puerta de los Summerfield para decir que sus hijos no podrían ir.

–Hoy no es un día para una fiesta, ¿no crees? –arguyó la señora Smythe del número nueve, la madre de Henry Smythe, que se sentaba delante de Alfie en clase y emitía al menos diez ruidos desagradables todos los días–. Es mejor que la suspendas, querida.

–No pienso suspender nada –dijo la madre de Alfie, Margie, exasperada después de recibir la visita de la quinta madre–. En todo caso, tendríamos que hacer todo lo posible por pasarlo bien. ¿Y qué voy a hacer con tanta comida si no viene nadie?

Alfie la siguió a la cocina y miró la mesa, donde había sándwiches de embutido, callos, huevos encurtidos y anguila cocida, todo dispuesto ordenadamente en fila y cubierto con paños para que no se resecara.

–Me la puedo comer yo –sugirió Alfie, a quien siempre le gustaba ayudar.

–¡Ja! –dijo Margie–. Seguro que sí. Eres un pozo sin fondo, Alfie Summerfield. No sé dónde lo metes. De veras.

Cuando el padre de Alfie, Georgie, llegó a casa del trabajo a la hora de comer, tenía cara de preocupación. No salió al patio trasero para lavarse como hacía siempre, aunque olía un poco a leche y un poco a caballo, sino que se quedó de pie en el salón, leyendo un periódico antes de doblarlo por la mitad, esconderlo debajo de uno de los cojines del sofá y entrar en la cocina.

–Hola, Margie –dijo, y besó a su mujer en la mejilla.

–Hola, Georgie.

–Hola, Alfie –añadió, y le alborotó el cabello.

–Hola, papá.

–Feliz cumpleaños, hijo. Por cierto, ¿cuántos años tienes? ¿Veintisiete?

–¡Tengo cinco! –exclamó Alfie, que no se imaginaba cómo sería tener veintisiete años pero se sentía muy mayor ahora que por fin tenía cinco.

–Ah, cinco –respondió Georgie, y se rascó el mentón–. Pues parece que lleves mucho más tiempo danzando por aquí.

–¡Fuera! ¡Fuera! ¡Fuera! –gritó Margie, y los echó al salón moviendo las manos.

La madre de Alfie siempre decía que no había nada peor que tener a dos hombres pegados a ella cuando intentaba cocinar, así que Alfie y Georgie obedecieron y se sentaron a jugar una partida de Serpientes y Escaleras en la mesa próxima a la ventana mientras esperaban a que comenzara la fiesta.

–Papá –dijo Alfie.

–¿Sí, hijo?

–¿Cómo estaba hoy *Señor Asquith*?

–Mucho mejor.

–¿Lo ha visto el veterinario?

–Sí. Parece que lo que tenía se le ha pasado solo.

Señor Asquith era el caballo de Georgie. O, más bien, era el caballo de la vaquería; el que tiraba del carro todas las mañanas cuando Georgie repartía la leche. Alfie le había puesto ese nombre hacía un año, el día que se lo habían asignado a Georgie; lo había oído tantas veces en la radio que le parecía que sólo podía pertenecer a alguien muy importante, así que decidió que era ideal para un caballo.

–¿Lo has acariciado de mi parte, papá?

–Sí, hijo –respondió Georgie.

Alfie sonrió. Quería a *Señor Asquith*. Lo quería con locura.

–Papá –dijo un momento después.

–¿Sí, hijo?

–¿Puedo ir contigo en el carro mañana?

Georgie negó con la cabeza.

–Lo siento, Alfie. Aún eres demasiado pequeño para repartir leche. Es más peligroso de lo que crees.

–Pero dijiste que cuando fuera mayor podría.

–Y cuando seas mayor podrás.

–Pero ahora soy mayor –insistió Alfie–. Podría ayudarte a rellenar las lecheras de los vecinos.

–Me costaría mi empleo, Alfie.

–Pues podría hacer compañía a *Señor Asquith* mientras las rellenas tú.

–Lo siento, hijo –dijo Georgie–. Pero aún eres demasiado pequeño.

Alfie suspiró. No había nada en el mundo que deseara más que ir en el carro con su padre todas las mañanas para ayudarle a repartir la leche y dar terrones de azúcar a *Señor Asquith* entre calle y calle, aunque eso significara levantarse en plena noche. Cuando se imaginaba rondando las calles y viendo la ciudad mientras todos dormían, se estremecía de placer. ¿Y ser la mano derecha de su padre? ¿Qué podía ser mejor que eso? Se lo había pedido al menos mil veces, pero la respuesta siempre era la misma: «Todavía no, Alfie. Eres demasiado pequeño».

–¿Te acuerdas de cuando tenías cinco años? –le preguntó.

–Sí, hijo. Ése fue el año en que murió mi padre. Fue un año duro.

–¿Cómo murió?

–En las minas.

Alfie se quedó pensativo. Sólo conocía a una persona que había muerto. La madre de Kalena, la señora Janáček, que había pasado a mejor vida por culpa de la tuberculosis. Alfie sabía deletrear aquella palabra: «T-u-b-e-r-c-u-l-o-s-i-s».

–¿Qué pasó? –preguntó.

–¿Cuándo?

–Cuando murió tu padre.

Georgie pensó en ello y se encogió de hombros.

–Bueno, nos fuimos a vivir a Londres –respondió–. La abuela Summerfield dijo que en Newcastle ya no nos quedaba nada, que si nos íbamos a Londres podríamos volver a empezar, que ahora el hombre de la casa era yo. –Sacó un cinco y un seis, cayó en la casilla 37 azul y bajó por una serpiente hasta la casilla 19 blanca–. ¡Vaya suerte tengo! –exclamó.

–Podrás quedarte un rato más esta noche, ¿verdad? –preguntó Alfie, y su padre asintió.

–Sí, porque eres tú –respondió–. Como es tu cumpleaños, me quedaré hasta las nueve. ¿Qué te parece?

Alfie sonrió; Georgie nunca se acostaba más tarde de las siete, porque madrugaba mucho. «Si no duermo mis horas, me levanto hecho una pena», decía siempre, y Margie se echaba a reír. Entonces Georgie miraba a Alfie y añadía: «Tu madre sólo accedió a casarse conmigo por lo guapo que soy. Pero si no duermo suficiente, me salen ojeras y se me pone cara de fantasma, y ella se fugará con el cartero».

«Me fugué con un lechero y mira cómo me ha ido», era la respuesta que Margie siempre le daba, pero no lo decía en serio, porque después se miraban y se sonreían y, algunas veces, ella bostezaba, decía que también tenía sueño y subían los dos a acostarse. Eso significaba que Alfie también tenía que irse a dormir, lo cual sólo le demostraba una cosa: que los bostezos eran contagiosos.

Aunque era decepcionante tener tan pocos invitados en su fiesta de cumpleaños, Alfie intentó no darle demasiada importancia. Sabía que algo estaba ocurriendo en el mundo real, algo de lo que siempre hablaban los adultos, pero parecía aburrido y, además, no le interesaba demasiado. Corrían rumores desde hacía meses; los adultos no se cansaban de repetir que algo importante estaba a punto de suceder, algo que iba a afectarles a todos. A veces Georgie decía a Margie que empezaría de un momento a otro y que debían estar preparados. Y a veces, cuando ella se disgustaba, le decía que no tenía de qué preocuparse, que la sangre no llegaría al río, porque Europa era demasiado civilizada para empezar una disputa que nadie podía esperar ganar.

Cuando comenzó la fiesta, todo el mundo intentó estar alegre y aparentar que era un día como cualquier otro. Jugaron a la patata caliente, para lo cual se sentaron todos en círculo, se pasaron una patata caliente y fueron eliminando a quien la dejaba caer. (Kalena ganó.) El Viejo Bill propuso jugar a la rana en el salón, y Alfie acabó con tres cuartos de penique más que al principio. La abuela Summerfield repartió una pinza de la ropa a cada uno y dejó una botella de leche vacía en el suelo. Ganaba quien conseguía meter la pinza en la botella desde más arriba. (Margie ganó el doble de veces que el resto en ese juego.) Pero pronto los adultos dejaron de hablar con los niños y se apiñaron en los rincones con cara de abatimiento mientras Alfie y Kalena escuchaban sus conversaciones y trataban de entenderlas.

–Es mejor que te alistes ahora, antes de que te llamen a filas –dijo el Viejo Bill Hemperton–. A la larga, no será tan duro para ti, hazme caso.

–Tú cállate –espetó la abuela Summerfield, que vivía enfrente del Viejo Bill, en el número once, y nunca se había llevado bien con él porque el australiano ponía el gramófono todas las mañanas con las ventanas abiertas. Era una mujer bajita y regordeta que siempre llevaba una redecilla en el pelo y las mangas subidas como si estuviera a punto de ponerse a trabajar–. Georgie no se va a alistar por nada del mundo.

–Puede que no tenga elección, mamá –arguyó Georgie, y negó con la cabeza.

–Chist... Delante de Alfie, no –susurró Margie, y le tiró del brazo.

–Sólo digo que esto podría durar años. Quizá me vaya mejor si me alisto como voluntario.

–No, todo se habrá acabado antes de Navidad –dijo el señor Janáček, cuyos zapatos negros de piel estaban tan relucientes que casi todos lo habían comentado–. Es lo que dice todo el mundo.

–Chist... Delante de Alfie, no –repitió Margie, más alto.

–¡Estamos acabados! ¡Estamos todos acabados! –exclamó la abuela Summerfield. Se sacó el enorme pañuelo del bolsillo e hizo tanto ruido al sonarse la nariz que Alfie se rió a carcajadas.

A Margie, sin embargo, no le hizo tanta gracia; se echó a llorar y salió corriendo del salón. Georgie la siguió.

Habían transcurrido más de cuatro años desde aquel día, pero Alfie seguía sin poder quitárselo de la cabeza. Ahora tenía nueve años y no había celebrado ni un solo cumpleaños desde entonces. Aunque, por la noche, antes de dormirse, intentaba pensar en todo lo que recordaba de sus padres antes de que cambiaran, porque, si los recordaba tal como eran antes, siempre cabía la posibilidad de que un día volvieran a ser así.

Georgie y Margie se habían casado muy mayores; eso lo sabía. Su padre tenía casi veintiún años, y su madre sólo era un año más joven. A Alfie le costaba imaginarse cómo sería tener veintiún años. Pensaba que una persona de esa edad sería un poco dura de oído y tendría la vista un poco borrosa. Creía que le resultaría imposible levantarse del sillón roto de la chimenea sin refunfuñar y decir: «Bueno, me voy a la cama». Suponía que, a esa edad, las cosas más importantes del mundo serían una buena taza de té, unas zapatillas cómodas y una chaqueta de punto. A veces, cuando lo pensaba, sabía que él también tendría veintiún años algún día, pero ese día le parecía tan remoto que le costaba imaginárselo. Una vez había hecho números en un papel y se había dado cuenta de que no tendría esa edad hasta el año 1930. ¡1930! Faltaban siglos. Vale, siglos quizá no, pero a él se lo parecían.

La fiesta del día que cumplió cinco años le traía buenos y malos recuerdos. Era un buen recuerdo porque le habían hecho algunos regalos estupendos: la caja de dieciocho lápices de colores y el cuaderno de dibujo de sus padres; el ejemplar de segunda mano de *La vida e increíbles aventuras de Robinson Crusoe* del señor Janáček, quien le había dicho que probablemente aún sería demasiado difícil para él pero que algún día podría leerlo; la bolsa de caramelos de limón de Kalena. Y no le había importado que algunos regalos fueran aburridos: el par de calcetines de la abuela Summerfield y el mapa de Australia del Viejo Bill Hemperton, quien le había dicho que un día quizá querría ir y que, si ese día llegaba, seguro que el mapa le vendría bien.

–¿Ves? –le preguntó, y le señaló un punto próximo a la parte superior del mapa, donde el verde de los márgenes se tornaba marrón en el centro–. Yo soy de aquí. De una ciudad que se llama Mareeba. La ciudad más bonita de toda Australia. Hay hormigueros como casas. Si alguna vez vas, Alfie, diles que te manda el Viejo Bill Hemperton y te tratarán como a uno de los suyos. Allí soy un héroe gracias a mis contactos.

–¿Qué contactos? –se interesó Alfie, pero el Viejo Bill sólo le guiñó el ojo y negó con la cabeza.

Alfie no supo cómo tomarse aquello, aunque en los días siguientes colgó el mapa en la pared de su cuarto, llevó los calcetines que le había regalado la abuela Summerfield, utilizó la mayoría de los lápices de colores y todo el cuaderno de dibujo, intentó leer *Robinson Crusoe*, pero le resultó demasiado difícil (aunque lo dejó en el estante para retomarlo cuando fuera mayor) y compartió los caramelos de limón con Kalena.

Aquéllos eran los buenos recuerdos.

Los malos se debían a que ése fue el día en el que todo cambió. Los hombres de Damley Road se reunieron en la calle al atardecer, con las camisas remangadas y las manos en los tirantes, para hablar de cosas que llamaban «deber» y «responsabilidad», mientras daban breves caladas a sus cigarrillos antes de pellizcarles la punta y guardarlos para después en el bolsillo del chaleco. Georgie se enzarzó en una discusión con su amigo de infancia, Joe Patience, que vivía en el número dieciséis, sobre si aquello estaba bien o mal. Joe y Georgie eran amigos desde que Georgie y la abuela Summerfield fueron a vivir a Damley Road (la abuela Summerfield decía que Joe prácticamente había crecido en su cocina) y jamás se habían levantado la voz hasta esa tarde. Aquél fue el día que Charlie Slipton, el repartidor de periódicos del número veintiuno, que una vez había tirado a Alfie una piedra a la cabeza sin ningún motivo, recorrió la calle seis veces con tiradas cada vez más recientes y consiguió vender todos los periódicos sin esforzarse siquiera. Y aquél fue el día que terminó con la madre de Alfie sentada en el sillón roto de la chimenea, sollozando como si el fin del mundo estuviera a punto de llegar.

–Vamos, Margie –dijo Georgie, que estaba detrás de ella, acariciándole la nuca–. No hay motivo para llorar, ¿no crees? Recuerda lo que ha dicho todo el mundo: «Todo se habrá acabado antes de Navidad». Volveré a tiempo para ayudarte a rellenar el pavo.

–Y tú te lo crees, ¿no? –arguyó Margie, y lo miró con los ojos enrojecidos y anegados de lágrimas–. ¿Tú te crees lo que te dicen?

–¿Qué otra cosa podemos hacer? –preguntó Georgie–. Tenemos que ser optimistas.

–Prométemelo, Georgie Summerfield –repuso Margie–. Prométeme que no te alistarás.

El padre de Alfie tardó un buen rato en responder.

–Ya has oído lo que ha dicho el Viejo Bill, cariño. A la larga, puede que sea menos duro para mí si...

–¿Y qué pasa conmigo? ¿Y con Alfie? ¿Será menos duro para nosotros? ¡Prométemelo, Georgie!

–Está bien, cariño. Esperemos a ver qué pasa, ¿de acuerdo? Además, puede que mañana todos los políticos se despierten y cambien de opinión con respecto a todo esto. A lo mejor nos estamos preocupando por nada.

Alfie no debía escuchar a hurtadillas las conversaciones privadas de sus padres (hacerlo ya le había acarreado problemas en una o dos ocasiones), pero aquella noche, la noche en la que cumplió cinco años, se quedó sentado en las escaleras, donde sabía que no lo veían, y se miró los pies mientras escuchaba. Pese a que no tenía intención de quedarse tanto rato (sólo había bajado a coger un vaso de agua y el trozo de lengua que había visto que había sobrado), la conversación era tan seria que le pareció que sería un error volverse a la cama. Se le escapó un bostezo profundo y sonoro (después de todo, el día había sido largo, como todos los días de cumpleaños) y cerró los ojos un momento, apoyó la cabeza en el peldaño que tenía detrás y, antes de darse cuenta, estaba soñando que alguien lo cogía en brazos y lo llevaba a un sitio cálido y cómodo. Cuando volvió a abrir los ojos, descubrió que estaba en su camita y que el sol se colaba a raudales a través de las finas cortinas, que tenían pálidas flores amarillas estampadas y, en su opinión, eran apropiadas para el cuarto de una niña, no de un niño.

La mañana después de su fiesta de cumpleaños, Alfie bajó y encontró a su madre con la ropa que se ponía para hacer la colada y el pelo recogido en una cola, hirviendo agua en todas las ollas de la casa. Parecía tan desdichada como la noche anterior y no sólo descontenta, que era como casi siempre estaba los días que hacía la colada, una actividad que solía tenerla ocupada desde las siete de la mañana hasta las siete de la tarde. Margie alzó la vista cuando lo vio, pero pareció tardar un momento en reconocerlo; cuando lo hizo, sólo le sonrió con abatimiento.

–Alfie –dijo–, he pensado que hoy iba a dejarte dormir. Ayer fue tu gran día. Sé bueno y bájame las sábanas, ¿quieres?

–¿Dónde está papá? –preguntó Alfie.

–Ha salido.

–¿Adónde ha ido?

–No lo sé –respondió ella, incapaz de mirarlo a los ojos–. Ya sabes que tu padre nunca me cuenta nada.

Alfie sabía que aquello no era verdad, porque todas las tardes, cuando su padre regresaba de la vaquería, contaba a Margie hasta el último detalle de su jornada, y los dos se reían en el sofá mientras él le explicaba que el tonto de Daly había dejado media docena de lecheras en el patio sin ponerles la tapa y los pájaros habían estropeado la leche.

O que Petey Staples se había encarado con el jefe y éste le había dicho que, si seguía quejándose, tendría que buscarse otro empleo donde aguantaran esas sandeces. O que *Señor Asquith* había hecho más caca que en toda su vida delante de la casa número cuatro de la señora Fairfax, que, según decía ella, era una descendiente directa del último rey Plantagenet de Inglaterra y merecía estar en un sitio mejor que Damley Road. Si Alfie sabía una cosa de su padre era que se lo contaba absolutamente todo a su madre.

Al cabo de una hora, mientras Alfie estaba en el salón dibujando en su nuevo cuaderno y Margie hacía un descanso antes de seguir con la colada, la abuela Summerfield, que se había pasado a cotillear, como ella lo llamaba (aunque, en verdad, había ido para llevar las sábanas y que Margie se las lavara), se acercó el periódico a la cara y miró la letra con los ojos entrecerrados, sin parar de protestar por lo pequeña que era.

–Soy incapaz de leerla, Margie –dijo–. ¿Es que quieren dejarnos a todos ciegos? ¿Es eso lo que pretenden?

–¿Crees que papá me llevará mañana a repartir la leche con él? –preguntó Alfie.

–¿Se lo has preguntado?

–Sí, pero ha dicho que no podré hasta que sea mayor.

–Pues ya sabes –dijo Margie.

–Pero mañana seré mayor que ayer –objetó Alfie.

Antes de que Margie pudiera responder, la puerta se abrió y, para sorpresa de Alfie, un soldado entró resueltamente en el salón. Era alto y fornido, de la misma talla que su padre, pero parecía un poco avergonzado cuando miró alrededor. Alfie no pudo evitar quedarse deslumbrado por el uniforme: una chaqueta de color caqui con cinco botones de latón en el centro, un par de charreteras, un pantalón metido por dentro de los calcetines, que le llegaban a las rodillas, y unas grandes botas negras. No obstante, ¿qué hacía un soldado en su salón? ¡Ni tan siquiera había llamado a la puerta! Pero en ese momento el soldado se quitó la gorra, se la puso bajo el brazo, y Alfie comprendió que no era un soldado cualquiera ni tampoco un desconocido.

Era Georgie Summerfield.

Era su padre.

Y fue entonces cuando Margie dejó caer la labor de punto al suelo, se llevó las manos a la boca y se quedó un rato en aquella postura antes de levantarse y correr a su habitación mientras Georgie miraba a su hijo y a su madre y se encogía de hombros.

–Tenía que hacerlo –dijo por fin–. Lo comprendes, mamá, ¿verdad? Tenía que hacerlo.

–Estamos acabados –se lamentó la abuela Summerfield. Dejó el periódico, se volvió hacia la ventana y miró la calle, donde había más hombres jóvenes entrando en sus casas con uniformes idénticos al de Georgie–. Estamos todos acabados.

Y eso era todo lo que Alfie recordaba de cuando cumplió cinco años.

2

Si fueras el único alemán de la trinchera

La casa de los Janáček llevaba casi dos años desocupada cuando Alfie robó la caja de limpiabotas.

Los Janáček habían vivido a tres puertas de la suya desde que le alcanzaba la memoria, y Kalena, que era seis semanas mayor que él, había sido su mejor amiga desde que eran muy pequeños. Siempre que Alfie estaba en su casa por las tardes, veía al señor Janáček sentado a la mesa de la cocina con la caja de limpiabotas abierta delante de él, lustrándose los zapatos para el día siguiente.

«Creo que un hombre debería estar siempre presentable ante el mundo –dijo a Alfie–. Es lo que nos distingue de los animales.»

Todos los vecinos de Damley Road eran amigos o lo habían sido antes de que comenzara la guerra. Había doce casas adosadas a sendos lados de la calle, separadas por finas paredes a través de las cuales se oían las conversaciones apagadas de los vecinos. Algunas casas tenían jardineras en las ventanas y otras no, pero todos los vecinos se esmeraban por mantener la calle bien arreglada. Alfie y Kalena vivían en la acera de los números pares; la abuela Summerfield vivía enfrente, en la acera de los impares, o «dispares», como decía Margie. Todas las casas tenían la ventana del salón que daba a la calle, con otras dos en la segunda planta, y todas las puertas estaban pintadas del mismo color: amarillo. Alfie recordaba el día que Joe Patience, el objetor del número dieciséis, pintó la suya de color rojo y todas las mujeres salieron a verlo a la calle, donde se pusieron a negar con la cabeza y a cuchichear escandalizadas. Joe tenía conciencia política, todo el mundo lo sabía. El Viejo Bill decía que «era un hombre muy fiel a sí mismo», significara lo que significara eso. Estaba en huelga más a menudo que en el trabajo y siempre repartía panfletos sobre los derechos de los trabajadores. Opinaba que las mujeres deberían poder votar y ni tan siquiera todas las mujeres estaban de acuerdo con él en ese punto. (La abuela Summerfield decía que preferiría tener la peste.) Joe también era dueño de un viejo clarinete y a veces se sentaba a tocarlo junto a la puerta de su casa; cuando lo hacía, Helena Morris del número dieciocho salía a la puerta de la suya y lo miraba hasta que su madre le decía que dejara de dar el espectáculo y la obligaba a entrar.

Alfie apreciaba a Joe Patience y le parecía gracioso que su apellido fuera justo lo contrario de su carácter, porque siempre estaba exaltado por algo. Cuando pintó su puerta de color rojo, tres vecinos, el señor Welton, del número cinco, el señor Jones, del número diecinueve, y Georgie Summerfield, el padre de Alfie, fueron a verlo para tener unas palabras con él. Georgie no quería ir, pero los otros dos hombres le insistieron porque era el amigo más antiguo de Joe.

–Es inaceptable, Joe –dijo el señor Jones, mientras todas las mujeres salían a la calle y fingían que limpiaban las ventanas.

–¿Por qué?

–Bueno, mira alrededor. Desentona.

–¡El rojo es el color del hombre trabajador! Y aquí todos somos hombres trabajadores, ¿no?

–En Damley Road tenemos las puertas amarillas –arguyó el señor Welton.

–¿Quién ha dicho que tengan que ser amarillas?

–Siempre lo han sido. Y con las tradiciones no se juega.

–¡Entonces ¿cómo van a mejorar las cosas?! –preguntó Joe en voz muy alta, aunque tenía a los tres hombres justo delante–. ¡Por el amor de Dios, sólo es una puerta! ¿Qué más da de qué color sea?

–Puede que Joe tenga razón –intervino Georgie, en un intento de calmar los ánimos de todos–. No es tan importante, ¿no? Siempre que la pintura no se desconche y deje la calle en mal lugar.

–Tendría que haber sabido que te pondrías de su parte –dijo el señor Jones y lo miró con desdén, aunque la idea de pedirle que los acompañara había sido suya–. Los amigos siempre se apoyan, ¿no?

–Sí –convino Georgie, y se encogió de hombros, como si fuera lo más natural del mundo–. Los amigos siempre se apoyan. ¿Qué tiene eso de malo?

Al final ni el señor Welton ni el señor Jones pudieron hacer nada con respecto a la puerta roja, y así fue como se quedó hasta el verano siguiente, en el que Joe decidió pintarla de verde en apoyo a los irlandeses, quienes, según él, estaban haciendo todo lo posible por librarse del yugo imperial británico. El padre de Alfie sólo se rió y dijo que, si Joe quería gastarse el dinero en pintura, allá él. La abuela Summerfield declaró que, si la madre de Joe estuviera viva, se avergonzaría de él.

–Oh, no sé –dijo Margie–. Tiene un carácter independiente, nada más. Y eso es algo que me gusta mucho de él.

–No es un mal tipo, Joe Patience –opinó Georgie.

–Es un hombre muy fiel a sí mismo –repitió el Viejo Bill Hemperton.

–Es guapo, pese a todo –añadió Margie–. Helena Morris está colada por él.

–Debería darle vergüenza –insistió la abuela Summerfield.

Pero, aparte de eso, los vecinos de Damley Road siempre parecían llevarse muy bien. Eran vecinos y amigos. Y nadie parecía más integrado en aquella comunidad que Kalena y su padre.

El señor Janáček era el dueño de la tienda de golosinas del final de la calle. Por supuesto, no sólo era una tienda de golosinas. El señor Janáček también vendía periódicos, cordel, libretas, lápices, felicitaciones, manzanas, tirachinas, balones de fútbol, cordones, betún, jabón de fenol, té, destornilladores, monederos, calzadores y bombillas, pero, en lo que a Alfie respectaba, las golosinas eran lo más importante, de modo que él la llamaba la tienda de golosinas. Detrás del mostrador, había hileras de altos botes de vidrio transparente llenos de caramelos de limón, manzana, pera y menta, palos de regaliz y galletas rellenas y, cuando Alfie tenía uno o dos peniques para gastarse, siempre se iba derecho a la tienda del señor Janáček, quien le dejaba quedarse todo el tiempo que le apeteciera mientras se decidía.

«A veces, Alfie –decía, mientras se inclinaba sobre el mostrador y se quitaba las gafas para limpiárselas–, creo que disfrutas más cuando decides en qué gastarte el dinero que cuando te comes las golosinas.»

El señor Janáček tenía una voz curiosa porque no era inglés. Era de Praga, pero había ido a Londres hacía diez años y nunca había perdido el acento. Marcaba mucho las erres y pronunciaba las ces como eses. Kalena no hablaba como él porque había nacido en la casa del número seis y no había salido de Londres en toda su vida.

–Eres la persona con más suerte que conozco –le dijo Alfie un día mientras estaban sentados en el bordillo, masticando un dulce de regaliz y viendo cómo el carbonero entregaba una bolsa a la señora Scutworth del número quince.

El hombre llevaba la cara y las manos embadurnadas de hollín, pero debía de haberse remangado hacía un momento, porque tenía los antebrazos blanquísimos.

–¿Por qué lo dices? –preguntó Kalena, mientras pelaba un plátano con delicadeza.

–Porque tu padre tiene una tienda de golosinas –respondió él como si estuviera más claro que el agua–. No hay ningún trabajo en el mundo mejor que ése. Excepto, quizá, repartir la leche.

Kalena negó con la cabeza.

–Hay muchos trabajos mejores que ése –aseguró ella–.

Yo no voy a llevar una tienda de golosinas cuando sea mayor.

–Entonces ¿qué harás? –preguntó Alfie, con el entrecejo fruncido.

–Voy a ser primera ministra –respondió Kalena.

Alfie no supo qué decir, pero se quedó muy impresionado. Cuando se lo explicó a sus padres esa noche durante la cena, los dos se echaron a reír.

–Esposa del primer ministro, más bien –dijo Margie, y alargó la mano para que le diera el plato.

–Pues yo la votaría –afirmó Alfie, en defensa de su amiga. No le gustaba que les hubiera parecido tan gracioso.

–Serías el único –arguyó Georgie–. Kalena ni siquiera podría votar, así que no sé cómo piensa llegar a primera ministra. Las zanahorias están un poco duras, ¿no?

–¿Por qué no puede votar? –preguntó Alfie.

–Las mujeres no podemos votar, Alfie –respondió Margie. Cortó otra rodaja de ternera asada y se la puso en el plato junto con otra patata. (Aquello fue cuando todavía podían comer manjares como ternera y patatas para cenar. Antes de que estallara la guerra.)

–¿Por qué no?

–Siempre ha sido así.

–Pero ¿por qué?

–Porque sí –contestó Margie–. Anda, cómete la cena, Alfie, y deja de hacer tantas preguntas. Y a las zanahorias no les pasa nada, Georgie Summerfield, así que procura terminártelas. No me paso las tardes cocinando para recoger un plato lleno de sobras.

Alfie no pensaba que ninguna de aquellas respuestas explicara nada, pero se alegraba de que Kalena fuera ambiciosa. Esa noche, mientras estaba en la cama, se puso a pensar en todas las cosas que podría ser cuando fuera mayor. Podría ser maquinista. O policía. Podría ser profesor o bombero. Podría repartir la leche con su padre o ser revisor de autobús, como el señor Welton. O explorador, como Ernest Shackleton, que últimamente siempre salía en los periódicos. Todos parecían buenos trabajos, pero entonces tuvo una idea brillante y casi saltó de la cama entusiasmado.

La tarde del día siguiente, que era viernes, entró con paso decidido en la tienda de golosinas del señor Janáček y esperó a que el señor Candlemas, del número trece, contara las monedas que costaba su tabaco antes de sentarse en el taburete próximo al mostrador y quedarse mirando los botes de golosinas.

–Hola, Alfie –dijo el señor Janáček.

–Hola, señor Janáček –respondió él.

–¿Qué quieres hoy? –«¿Qué quierres hoy?»

Alfie negó con la cabeza.

–Nada, gracias –respondió–. No tendré dinero hasta el lunes. Sólo quería hacerle una pregunta.

El señor Janáček asintió, se acercó a él y se encogió de hombros.

–Pregúntame lo que quieras. –«Prregúntame lo que quierras.»

–Bueno, usted ya no es ningún chaval, ¿verdad, señor Janáček? –dijo Alfie.

Era una frase que había oído decir al Viejo Bill Hemperton. Siempre que le pedían hiciera alguna cosa para echar una mano en la calle, él decía que no podía, que, fuera lo que fuera, tenía que hacerlo un hombre joven porque él ya no era ningún chaval.

El señor Janáček se rió.

–¿Cuántos años me echas, Alfie?

Alfie lo meditó. Sabía por experiencia (después de una conversación especialmente desagradable con la señora Tamorin, del número veinte) que siempre era mejor decir menos años de los que se calculaban.

–¿Sesenta? –aventuró, y esperó haber acertado. (En verdad, pensaba que el señor Janáček rondaba los setenta y cinco.)

El señor Janáček se rió y negó con la cabeza.

–Casi –dijo–. Tengo veintinueve años. Sólo unos pocos más que tu padre.

Alfie no lo creyó ni por un momento, aunque no se lo tuvo en cuenta.

–Bueno, un día será demasiado viejo para llevar la tienda, ¿no? –preguntó.

–Supongo –respondió él–. Aunque todavía falta mucho para eso, espero.

–Porque ayer estuve hablando con Kalena –continuó Alfie–. Y ella me dijo que no va a trabajar aquí cuando sea mayor porque piensa ser primera ministra. Y he pensado que para entonces es probable que usted necesite ayuda, ¿no? Cuando ya no esté tan ágil y no pueda coger lo que tiene en los estantes más altos.

El señor Janáček lo consideró.

–Quizá –dijo–. Pero ¿por qué lo preguntas? ¿Estás solicitando el puesto?

Alfie reflexionó. No estaba seguro de querer comprometerse en firme.

–Sólo se lo digo para que lo tenga presente, nada más –respondió–. Soy trabajador, soy honrado, y me encantan las golosinas.

–Pero aquí vendemos más cosas aparte de golosinas. También tendría que gustarte todo lo demás.

–No creo que el cordel o las velas puedan llegar a entusiasmarme –contestó Alfie–. Pero me esforzaré. Y, mientras tanto, podría encargarme de la tienda todas las semanas cuando usted se toma el día libre.

El señor Janáček enarcó una ceja.

–¿Cuándo me tomo yo el día libre? –preguntó, sorprendido–. No hago más que trabajar y trabajar. ¡Sin descanso!

–Pero cierra todos los viernes por la tarde y no vuelve a abrir hasta el domingo por la mañana –arguyó Alfie.

–Ah, pero ése no es un día libre –dijo el señor Janáček–. Es el sabbat. El día de reposo de los judíos. Hay que recitar bendiciones el viernes por la noche: Kalena enciende los cirios, rezamos. No trabajamos, pero estamos ocupados. No puedo abrir la tienda ese día. Aunque tu ofrecimiento es generoso, Alfie, y te aseguro que te tendré presente cuando llegue la hora de jubilarme.

Alfie sonrió. Aquello le bastaba. Se fijó en la bandera colgada en la pared detrás del señor Janáček, cerca de la caja registradora. Era bastante complicada, con una franja roja en la parte de arriba, una blanca en el centro y un cuadrado rojo y otro verde en la parte de abajo. Tenía dos coronas, una junto a la otra, encima de dos emblemas.

–¿Qué es? –preguntó.

El señor Janáček se volvió para ver a qué se refería.

–¡Una bandera! –respondió.

–No es la bandera de Inglaterra.

–No, es la bandera de mi país. Donde yo nací y crecí. Praga es una ciudad muy bella –añadió. Se acarició el mentón y se quedó mirando un bote lleno de juguetes para saltar–. Quizá la más bella del mundo. La ciudad de Mozart y Dvořák. La ciudad donde se estrenaron *Las bodas de Fígaro* y *Don Juan*. Y, si no has atravesado el río Moldava por el puente de Carlos mientras el sol se pone detrás del castillo, no has vivido, amigo mío. Un día irás a visitarla, estoy seguro.

Alfie frunció el entrecejo. Apenas había entendido nada de lo que acababa de decir el señor Janáček.

–Si Praga es tan maravillosa –preguntó–, ¿por qué vino usted a Londres?

De repente el señor Janáček sonrió de oreja a oreja, y Alfie pensó que jamás lo había visto tan feliz.

–Por la mejor razón del mundo –respondió con decisión–. Por amor.

Entonces Alfie saltó del taburete, se despidió y salió a la calle. La conversación había dejado de interesarle. El amor era un tema sobre el que los adultos hablaban y las niñas leían (aunque Kalena nunca lo mencionaba; decía que el amor no podía distraerla si quería llegar a ser primera ministra), pero en el que Alfie no tenía ningún interés en absoluto. Se daba cuenta de que la señora Janáček era muy guapa, al menos para lo vieja que era, pero no veía cómo podría llegar a enamorarse de ella.

Por supuesto, la señora Janáček había muerto en 1913, un año antes de que estallara la guerra. Se puso muy enferma, perdió mucho peso y pronto ya no pudo salir de casa. Margie fue a visitarla todos los días, y Alfie le oyó decir a Georgie que se estaba «consumiendo, la pobre». Poco después falleció, y el señor Janáček y Kalena se quedaron solos. Alfie intentó hablar con su amiga de lo que había sucedido, pero ella le dijo que no quería, que era demasiado pronto, de manera que se limitó a sacarla todos los días a jugar, incluso cuando ella no tenía ganas. Le contó todos los chistes malos que se sabía hasta que, tres meses después de que su madre falleciera, uno le hizo reír, y todo pareció volver a estar bien después de aquello.

Alfie no veía a los Janáček desde el verano de 1915. Para entonces los periódicos hablaban de la guerra a todas horas, y muchos de los hombres de Damley Road, incluido su padre, Georgie, estaban recibiendo instrucción militar o combatiendo ya en Bélgica o el norte de Francia. Algunos todavía eran demasiado jóvenes, pero no se cansaban de repetir que se alistarían en cuanto cumplieran los dieciocho. Otros agachaban la cabeza y mantenían la boca cerrada, porque no querían ir.

Incluso Leonard Hopkins, del número dos –quien todo el mundo sabía que trabajaba de limpiabotas en la estación de King's Cross, casi nunca iba al colegio y se gastaba cada penique que ganaba en chicas y tónico capilar–, se había alistado, y sólo tenía dieciséis años recién cumplidos.

«No hicieron preguntas, eso me han contado –confió un día la abuela Summerfield a Margie mientras Alfie cenaba–. Aunque a los oficiales de reclutamiento les da igual, ¿no? Mandan al matadero al cordero que sea. Leonard ni siquiera se afeita. Es una vergüenza, en mi opinión.»

Y estaba Joe Patience, por supuesto, el objetor del número dieciséis (naturalmente, aún no era objetor), quien sostenía que todo aquello era un disparate: sólo se trataba de tener más territorios y dinero, de dar más a los ricos y dejar a los pobres como estaban, y le daba igual qué dijeran o hicieran los demás, él jamás empuñaría un arma, jamás se pondría un uniforme. Además, nunca había querido ver Francia, así que le daba igual si no lo hacía jamás.

Muchas personas se enfadaron con Joe Patience, pero en 1915 no hicieron nada aparte de gritarle cuando se ponía a hablar de política. Las peores cosas no llegarían hasta más adelante.

Ese febrero, el mismo día que Alfie recibió una carta de su padre en la que se lo explicaba todo sobre el cuartel militar de Aldershot, Margie lo llamó a la cocina, donde estaba contando el dinero que tenía en el monedero. En esa época aún pasaba la mayor parte del tiempo en casa, donde tejía calcetines y jerséis de la mañana a la noche, como casi todas las mujeres de Damley Road, para mandarlos a un sitio que ella llamaba «el frente».

–Alfie, corre a la tienda del señor Janáček, hazme el favor –dijo–. Me hacen falta un par de manzanas, un paquete de harina y el periódico de hoy. Asegúrate de que es la última edición. Sobrará un penique para que te lo gastes en golosinas.

A Alfie se le iluminó la cara cuando cogió el dinero y corrió a la tienda de golosinas, donde encontró al señor Janáček en la calle, mirando el escaparate, temblando un poco, blanco como el papel. Le habían roto la luna, la acera estaban sembrada de vidrios, y alguien había pintado cuatro palabras en la puerta: «¡Aquí no queremos espías!».

–¿Quién es un espía? –preguntó Alfie, con el entrecejo fruncido–. ¿Y qué le ha pasado al escaparate? ¿Y le quedan caramelos de manzana?

El señor Janáček, que siempre era muy amable, lo miró pero no sonrió. Llevaba los zapatos tan relucientes como de costumbre.

–¿Qué te hace falta, Alfie? –preguntó, y la voz le tembló de rabia y temor.

–Dos manzanas, un paquete de harina y el periódico de hoy. Tengo que asegurarme de que es la última edición.

–Es mejor que vayas a la tienda de Damley Park –dijo el señor Janáček–. Creo que hoy no abriré. Como ves, me han destrozado el escaparate. –«Me han destrrosado el escaparrate.»

–¿Quién ha sido? –preguntó Alfie, mientras notaba el suave crujido de los vidrios bajo sus zapatos.

–He dicho que vayas a Damley Park –repitió el señor Janáček, alzando un poco la voz–. Ahora mismo no tengo tiempo para esto.

Alfie suspiró y se alejó. No soportaba ir a la tienda de la señora Bessworth, porque tenía fama de robar niños, hacer tartas con ellos y comérselos para cenar. (Un amigo de Alfie conocía a alguien cuyo primo tenía un vecino al que le había pasado eso, así que seguro que era verdad.)

Aquélla no fue la última vez que rompieron la luna del escaparate, pero cada vez que sucedía, el señor Janáček la reponía en uno o dos días. No obstante, una tarde, mientras Kalena jugaba a la rayuela en la acera y Alfie la miraba sentado en el bordillo, apareció un furgón militar que se detuvo delante del número seis; cuando el señor Janáček abrió la puerta, sus ocupantes le dijeron que debía acompañarlos de inmediato o tendría problemas.

–¡Pero yo no he hecho nada! –protestó.

–Usted es alemán –gritó la señora Milchin del número siete, cuyos dos hijos mayores ya habían muerto en Iprés y cuyo hijo menor, Johnny, estaba a punto de cumplir dieciocho años. (Nadie veía a Johnny desde hacía semanas; se rumoreaba que la señora Milchin lo había mandado con su cuñada, que vivía en la Hébridas Exteriores.)

–¡No es verdad! –protestó el señor Janáček–. Soy de Praga. ¡Usted sabe que es cierto! –«¡Usted sabe que es sierto!»–. ¡No he estado en Alemania en mi vida!

Kalena corrió junto a su padre, y él la abrazó.

–¡No se nos van a llevar! –gritó el señor Janáček.

–Vamos –dijeron los militares–. Será más fácil si no se resisten.

–Eso es, llévenselo, sí. ¡Es un espía! –gritó la señora Milchin.

Margie había salido a la calle y parecía horrorizada por lo que estaba sucediendo.

–¡Déjenlo en paz! –gritó, y corrió para interponerse entre los Janáček y los soldados–. Acaba de decirles que no es alemán y, además, hace años que vive aquí. Kalena ha nacido en esta calle. No son una amenaza para nadie.

–Apártese, señora –ordenó el militar, e hizo una seña a un compañero para que abriera las puertas traseras del furgón.

–¡Eres una traidora, Margie Summerfield! –chilló la señora Milchin–. ¡Confraternizando con el enemigo! ¡Debería darte vergüenza!

–¡Pero él no ha hecho nada! Mi marido es soldado –añadió Margie, como si eso pudiera servir de algo.

–Apártese, señora –repitió el militar–, o también la detendremos.

Los Janáček opusieron resistencia, y los soldados tardaron casi veinte minutos en subirlos al furgón. No les permitieron volver a entrar en casa ni llevarse nada. El señor Janáček les suplicó que le dejaran coger un retrato de su mujer, pero ellos le dijeron que tenían que irse con lo puesto. Kalena corrió junto a la madre de Alfie para abrazarse a ella, y un soldado tuvo que separarlas mientras Kalena chillaba y lloraba. La última vez que Alfie los vio el señor Janáček lloraba en la parte trasera del furgón mientras Kalena lo miraba por la ventanilla de atrás y le decía adiós con la mano. Parecía muy valiente, y Alfie supo, en ese momento, que un día sería primera ministra y que, cuando lo fuera, se aseguraría de que jamás volviera a suceder nada semejante.

Esa noche Margie le explicó lo que había ocurrido.

–«Personas de interés especial», así los llaman –dijo–. Todos los alemanes. Todos los rusos. Todos los que son del Imperio austrohúngaro, si lo he entendido bien. Y los Janáček son de allí. Puede que, a la larga, sea lo mejor.

–Pero no es justo –protestó Alfie.

–No, pero los protegerán mientras dure la guerra. Si lo piensas, pasar unos cuantos meses en la isla de Man no está tan mal. Piensa en todos los destrozos de la tienda. Sólo era cuestión de tiempo que esos vándalos dirigieran su atención hacia el propio señor Janáček.

La casa del número seis había permanecido vacía desde entonces. Nadie fue a vivir allí ni nadie entró nunca. Hasta que un día, cuando Margie estaba sentada en el salón, contando el dinero de su monedero y decidiendo si esa semana debía pagar el alquiler, al carbonero o al tendero (a los tres era imposible; quizá ni tan siquiera podría pagar a dos), Alfie tuvo una idea.

Salió por la puerta de atrás, corrió por el estrecho pasadizo que discurría entre las casas, saltó el muro del patio trasero del señor Janáček y rompió el cristal de la ventana de la cocina con una piedra que encontró cerca de la puerta. Metió la mano para correr el cerrojo y levantó la hoja de la ventana. Luego entró en la casa y miró alrededor en busca de lo único que pensaba que podía impedir que su familia se quedara sin casa o se muriera de hambre.

Lo encontró en el suelo en un rincón del salón, junto a una mecedora.

La caja de limpiabotas del señor Janáček.

Cuando se marchó, fue lo único que se llevó.

3

Mantened encendido el fuego del hogar

Decían que todo se habría acabado antes de Navidad, pero ya habían pasado cuatro navidades, una quinta estaba en camino y nada indicaba que la guerra fuera a terminar.

Alfie tenía nueve años y, seis mañanas a la semana, su madre lo zarandeaba para despertarlo antes de irse a trabajar. Alfie aún se sorprendía cuando abría los ojos y la veía de pie en la penumbra junto a su cama, con el uniforme blanco de enfermera bien ceñido al cuello y a la cintura, y la cofia plisada muy bien colocada, con sus apretados rizos rubios asomando por debajo.

–Alfie –dijo Margie, pálida y ojerosa después de otra noche sin apenas dormir–. Alfie, despierta. Son las seis.

Él refunfuñó, se dio la vuelta en la cama, se tapó la cabeza con la áspera manta, aunque eso le dejara los pies al aire, e intentó volver a dormirse. Había pedido a Margie una manta nueva, más larga y recia, pero ella le había dicho que no se la podían permitir, que iban demasiado apurados para incurrir en gastos innecesarios. Alfie había estado soñando que zarpaba con rumbo al norte de África pero una tempestad destrozaba su barco. Había conseguido nadar hasta una isla desierta, donde vivía a base de cocos y pescado, y corría toda clase de aventuras. Tenía ese sueño siempre que leía *Robinson Crusoe* y ya iba de nuevo por la mitad, por cuarta vez. La noche anterior, había dejado de leer justo cuando Crusoe y Viernes veían llegar a los caníbales en canoas con tres prisioneros listos para la cazuela. Estaba a punto de desatarse una cruda batalla. Era una de sus partes preferidas.

–Alfie, no tengo tiempo para esto –dijo Margie–. Despierta. No puedo irme hasta que te hayas levantado.

Su tono no admitía réplica; uno de los cambios que Alfie había observado en su madre en aquellos cuatro años era cuán severa se había vuelto. Ya no jugaba nunca con él; siempre estaba demasiado cansada para eso. No le leía para que se durmiera; no podía, porque tenía que estar en el hospital a las ocho para empezar el turno de noche. Siempre hablaba de dinero, o de su falta. Y le gritaba sin motivo y después parecía que quisiera echarse a llorar por haber perdido los estribos.

–Alfie, por favor –insistió Margie, y lo destapó para que le entrara frío–. Tienes que levantarte. ¿Puedes hacer esa única cosa por mí?

Alfie sabía que no tenía elección, de modo que volvió a ponerse boca arriba y abrió los ojos. Bostezó y se estiró tremendamente antes de bajar de la cama con lentitud. Sólo cuando tuvo los dos pies en el suelo, Margie se enderezó y asintió, satisfecha.

–Por fin –dijo–. Francamente, Alfie, no sé por qué tenemos que pasar por esto todos los días. Ya tienes nueve años. Sólo te pido un poco de colaboración. Desayuna algo, lávate y vete al colegio. Volveré hacia las dos y prepararé algo rico para cenar. ¿Qué te apetece?

–Salchichas, alubias y patatas fritas –respondió Alfie.

–¡Ya quisiera yo! –dijo Margie, y soltó una especie de risa que no era una verdadera risa (ya no se reía mucho; no como hacía antes, cuando decía que se fugaría con el cartero)–. Lo siento, pero serán callos con cebolla. Es lo único que podemos permitirnos.

Alfie se extrañó de que le preguntara qué le apetecía cuando no parecía que la respuesta importara. Aun así le alegró saber que Margie estaría en casa cuando él regresara del colegio. Normalmente volvía de trabajar mucho más tarde.

–Cenaremos juntos –añadió Margie, ablandándose un poco–. Pero me temo que esta noche me toca otra vez trabajar, así que vas a tener que apañártelas solo, o puedes dormir en casa de la abuela Summerfield, si te apetece. Te portarás bien, ¿verdad?

Alfie asintió. Ya había intentado convencerla para que dejara de hacer turnos de noche, pero nunca lograba nada; le pagaban una cuarta parte más del sueldo habitual cuando trabajaba después de las ocho, y esa cantidad podía suponer la diferencia entre conservar la casa y quedarse en la calle. Alfie sabía que no merecía la pena seguir intentándolo. Margie lo miró un momento y, cuando alargó la mano para alisarle el pelo, su expresión cambió un poco. Ya no parecía enfadada. Era como si estuviera recordando cómo eran antes las cosas. Se sentó a su lado en la cama y le pasó el brazo por los hombros. Alfie se acurrucó contra ella, cerró los ojos y volvió a adormecerse.

Un momento después alzó la vista y, al seguir la mirada de su madre, vio el retrato enmarcado de Georgie que tenía en la mesilla de noche. En la fotografía, su padre no iba vestido de soldado; estaba en el patio de la vaquería con Alfie cuando era muy pequeño; lo llevaba a hombros y tenía una sonrisa radiante. *Señor Asquith*, fotografiado junto a ellos, miraba a la cámara con una expresión que daba a entender que aquella humillación era lo último que le faltaba. (Alfie siempre decía que *Señor Asquith* era un caballo muy orgulloso.) Alfie no recordaba cuándo habían sacado la fotografía, pero la tenía en la mesilla de noche desde el día que Georgie se marchó al cuartel de Aldershot hacía cuatro años. La abuela Summerfield la había colocado allí esa misma tarde.

–Oh, Alfie –dijo Margie, y lo besó en la cabeza antes de levantarse y dirigirse a la puerta–. Hago todo lo que puedo por ti. Lo sabes, ¿verdad?

Cuando su madre se hubo ido a trabajar, Alfie bajó, salió rápidamente a buscar la pala que guardaban detrás de la puerta del patio y la llenó con cenizas de la base de la cocina. Luego corrió al retrete del final del jardín lo más aprisa posible, intentando no quedarse congelado ni perder las valiosas cenizas por el camino. Odiaba ir allí nada más levantarse, sobre todo entonces, a finales de octubre, cuando aún no había amanecido y hacía tanto frío, pero no le quedaba otro remedio.

Dentro hacía un frío helador. Siete arañas distintas y lo que le pareció un escarabajo sobrealimentado le subieron por los pies mientras estaba allí sentado, y oyó ratas correteando por detrás de la madera. Refunfuñó al darse cuenta de que había olvidado coger los cuadrados de periódico que cortaba meticulosamente todas las noches antes de acostarse, pero por suerte Margie ya los había sacado, les había pasado un cordel por el centro y los había colgado del gancho, de manera que no le hizo falta volver a entrar en casa.

Cuando terminó de hacer sus necesidades, echó las cenizas al váter y confió en que el montón de materia fecal y basura que había detrás de la caseta (el peor sitio que había visto jamás) no volviera a taponar el agujero de salida. Había sucedido hacía unos meses, y Margie tuvo que pagar dos chelines a los desatascadores; después, sin estar segura de si tendrían suficiente dinero para pagar el alquiler, se había sentado en el sillón roto de la chimenea y había llorado a lágrima viva sin dejar de susurrar el nombre de Georgie, como si él pudiera regresar para salvarlos de un posible desalojo.

Alfie volvió adentro corriendo, se lavó las manos y se sentó a la mesa de la cocina, donde Margie le había cortado dos rebanadas de pan y se las había dejado en un plato junto con una pizca de mantequilla y, para su sorpresa, un botecito de mermelada con una tapa de muselina sujeta con un cordel. Alfie lo miró y parpadeó una o dos veces. Llevaba meses sin probar la mermelada. Lo cogió y leyó la etiqueta. Sólo tenía una palabra escrita a mano con un rotulador negro de trazo grueso.

«Grosella.»

A veces los padres de los soldados hospitalizados llevaban un detalle a las enfermeras y, cuando lo hacían, solía ser alguna exquisitez como aquélla: un producto casero hecho con los frutos que cultivaban en sus jardines o huertos. A Margie se lo debían de haber dado allí. Alfie se preguntó si su madre había tomado mermelada o si se la había dejado toda a él. Se levantó y fue al fregadero, donde estaban el plato y el cuchillo de su madre, aún sin lavar, junto con su tazón, todavía con un poco de té marrón frío en el fondo. En los tiempos anteriores a la guerra Margie jamás habría dejado la cocina así; habría lavado sus cosas y las habría dejado boca abajo en el escurridor para que Georgie las secara después. Alfie cogió el plato y lo inspeccionó. Había unas cuantas migas en un lado y un rastro de vapor donde la tostada había estado en contacto con la fría porcelana. Miró el cuchillo. Estaba casi limpio. Se lo acercó a la nariz. No olía a mantequilla ni tenía restos de mermelada. Si Margie hubiera tomado, quedaría algún rastro.

Se la había dejado toda a él.

Alfie llenó la tetera de agua, la puso al fuego, añadió unas cuantas maderas a las ascuas aún rojas de la cocina y esperó a oír el silbido antes de prepararse una taza de té. Siempre se sentía como un adulto mientras esperaba a que el té reposara. El sabor no le entusiasmaba, pero se sentía importante sentado a la mesa por la mañana con un tazón humeante y una tostada ante él y el periódico apoyado en la jarra de la leche. Era lo que Georgie siempre había hecho. Antes de marcharse.

Charlie Slipton, del número veintiuno, ya no repartía los periódicos. Había partido a la guerra en 1917 y lo habían matado pocos meses después. Alfie había escrito el nombre del lugar donde había muerto en su cuaderno, pero seguía sin saber pronunciarlo correctamente. «Passchendaele.» Ahora repartía los periódicos su hermano menor, Jack, que acababa de cumplir diez años y nunca hablaba con nadie. Alfie había intentado hacerse amigo suyo, pero había desistido cuando le quedó claro que prefería que lo dejaran en paz.

Al mirar el periódico en ese momento, recordó el día aciago de hacía un año en el que habían sabido que Charlie había muerto. Era un domingo por la mañana, así que tanto Margie como él se encontraban en casa cuando llamaron a la puerta. Margie, que estaba amasando pan, alzó la vista sorprendida, se pasó el dorso de la mano por la frente y se la manchó de harina. Recibían pocas visitas. La abuela Summerfield tenía llave y normalmente entraba sin pedir permiso. El Viejo Bill siempre llamaba a la puerta con una especie de redoble para que supieran que era él. Y, por supuesto, al señor Janáček y a Kalena se los habían llevado a la isla de Man. A Alfie no le gustaba pensar en qué les había sucedido allí.

–¿Quién crees que puede ser? –preguntó Margie, y se lavó las manos en el fregadero antes de salir al recibidor y quedarse parada delante de la puerta como si pudiera ver a través de ella.

Alfie la siguió y, un momento después, su madre dio un paso hacia delante, cogió el picaporte y abrió.

Fuera había dos hombres, ambos con uniforme militar. Uno era bastante viejo, con el bigote cano, gafas y los ojos de color azul oscuro. Llevaba unos guantes de piel muy fina, que estaba a punto de quitarse cuando Margie abrió la puerta. El otro hombre era mucho más joven y se había cortado al afeitarse esa mañana; Alfie vio que tenía una gota de sangre coagulada en la mejilla. Era pelirrojo, con un pelo de punta que parecía imposible de domar. Alfie lo miró con asombro. Jamás había visto un pelo tan rojo, ni tan siquiera el del señor Carstairs, su profesor del colegio de Damley Road, al que todos llamaban «Pelirrojo» aunque su color de pelo fuera, de hecho, más parecido al naranja caldera.

–No –dijo Margie, sin soltar la puerta. Se agarró al marco con una mano, y Alfie vio que los nudillos se le quedaban blancos de tanto apretar–. ¡No! –repitió, mucho más alto esa vez, y Alfie frunció el entrecejo, sin saber a qué podía referirse con aquella única palabra.

–¿Señora Slipton? –preguntó el hombre mayor, el del bigote, mientras el pelirrojo se erguía para mirar a Alfie por encima del hombro de Margie. Puso cara de tristeza al verlo y luego se mordió el labio y apartó los ojos.

–¡¿Qué?! –preguntó Margie casi a gritos, sorprendida de que se dirigieran a ella por otro apellido.

Alfie se puso a su lado y vio que las puertas de todas las casas de enfrente se abrían y las mujeres salían a la calle tapándose la cara con las manos. La cortina del número once se separó, y Alfie atisbó a la abuela Summerfield, mirando fuera con las manos en la cabeza. *Señor Asquith* pasó trotando con el joven Henry Lyons a las riendas. Henry era incapaz de llenar una lechera aunque le fuera la vida en ello; todo el mundo lo decía. Cuando lo hacía, la mitad de la leche acababa derramada en el suelo. Pero la vaquería necesitaba un repartidor, y Henry, como era sordo, no podía ir a la guerra. Alfie estaba seguro de que *Señor Asquith* se volvió hacia ellos al pasar y miró dentro de la casa en busca de su verdadero dueño.

–Señora Slipton, soy el sargento Malley –continuó el hombre–. Éste es el teniente Hobton. ¿Podemos pasar un momento?

–No –dijo Margie.

–Señora Slipton, por favor –repitió él con tono resignado, como si estuviera acostumbrado a aquel tipo de reacción–. Si nos permitiera pasar y sentarnos...

–Se han equivocado de casa –dijo Margie, atragantándose con las palabras, y casi tropezó antes de apoyarse en el hombro de Alfie con una mano–. Dios mío, se han equivocado de casa. ¿Cómo puede pasarles algo así? Éste es el número doce. Ustedes buscan el número veintiuno. Tienen los números cambiados.

El hombre mayor la miró fijamente; luego, mientras el pelirrojo sacaba un papel del bolsillo interior y lo leía a toda prisa, su cara pasó a expresar una honda consternación.

–Sargento –dijo el teniente. Le enseñó el papel y le señaló algo.

El sargento levantó el labio enfurecido y lo miró como si quisiera pegarle.

–¿Qué te pasa, Hobton? –espetó–. ¿No sabes leer? ¿No puedes asegurarte antes de que llamemos a la puerta? –Miró a Margie y a Alfie, y negó con la cabeza–. Lo siento –dijo–. Lo siento muchísimo.

Después los dos hombres se dieron la vuelta, pero se quedaron quietos, mirando a derecha e izquierda, fijándose en los números de las puertas antes de echar a andar en dirección a la tienda de golosinas del señor Janáček, cuyo escaparate seguía cerrado con tablones desde que habían roto la luna hacía dos años y donde nadie había borrado las cuatro palabras que alguien había escrito en la pared con pintura blanca.

«¡Aquí no queremos espías!»

Margie volvió a entrar en casa con un grito ahogado, pero Alfie se quedó en la puerta. Observó a los dos soldados cuando se alejaron con paso lento. Para entonces, todas las puertas de la calle estaban abiertas. Y delante de cada casa había una esposa o una madre. Algunas lloraban. Otras rezaban. Aun otras negaban con la cabeza, con la esperanza de que los militares no se detuvieran en su puerta. Y siempre que el sargento Malley y el teniente Hobton dejaban una casa atrás, su dueña se santiguaba, corría adentro, cerraba de un portazo y echaba el cerrojo por si los dos hombres cambiaban de opinión y regresaban.

Por fin los militares se detuvieron en el número veintiuno, donde aguardaba la madre de Charlie, la señora Slipton. Alfie no oyó lo que decía, pero vio que lloraba e intentaba empujar a los soldados para que se fueran. Abofeteó a Pelirrojo con ambas manos, pero a él no pareció importarle. El sargento le puso una mano en el hombro y le susurró algo al oído. Después entraron en la casa y ya no salieron, y Alfie se quedó solo en la calle. Todo el mundo estaba en sus casas, dando gracias a Dios por que los militares no hubieran llamado a su puerta.

Más tarde Alfie se enteró de que Charlie Slipton había muerto y recordó la tarde que Charlie le había tirado una piedra a la cabeza sin ningún motivo. No estaba seguro de cómo debía sentirse. Eso era lo que tenía la guerra, comprendió. Lo volvía todo muy confuso.

Alfie no leía el *Daily Mirror* a fondo, pero le gustaba ojear los titulares y lo cogió para enterarse de lo que pasaba en el mundo. Más noticias sobre Marne; allí siempre sucedía algo. Información sobre el número de muertos y heridos en un lugar llamado Amiens. Un artículo acerca de un discurso del primer ministro, el señor Lloyd George, sobre el que Alfie ya estaba harto de leer porque pronunciaba discursos todos los días.

Por último hizo lo que hacía todas las mañanas. Fue a la página cuatro para saber el número de víctimas. El número de muertos en ambos bandos. El número de heridos. El número de desaparecidos en combate. Pero, en verdad, sólo había un número que le importaba: 14.278. El número de su padre. El número que le habían asignado al reclutarlo.

Pasó el dedo por la lista.

14.143, Smith. D., Fusileros Reales
14.275, Dempster, C. K., Regimiento de Gloucestershire
15.496, Wallaby, A., Seaford Highlanders
15.700, Crosston, J., Sherwood Foresters (Regimiento de Nottingham y Derbyshire)

Suspiró aliviado y dejó el periódico. Se tomó el té y trató de pensar en otra cosa. Tiritó un poco; en casa siempre hacía frío. Margie echaba unos cuantos carbones a la lumbre nada más levantarse, pero decía que no tenía sentido mantener la casa caldeada durante todo el día cuando sólo eran ellos dos y ella iba a estar en el hospital y él en el colegio.

«Es tirar el dinero –dijo–. No, podemos soportar el frío por las mañanas. Cuando vuelvas del colegio, puedes encender la lumbre para la noche. Pero ojo, pon sólo unos pocos carbones, y no te pases con la madera. La leña no es barata.»

Alfie terminó de desayunar, fue al fregadero y lavó todo lo que había (lo que Margie había ensuciado para desayunar y lo suyo). Secó las cosas, colgó el paño del gancho próximo a los fogones y lo guardó todo en el armario. Sacó las tijeras y las dejó encima del periódico para cortarlo en cuadrados más tarde; las noticias de hoy eran el papel higiénico de mañana. Miró alrededor y se preguntó si hacía falta barrer el suelo, pero le pareció limpio. Ahora aquél era uno de sus cometidos: tener la casa como los chorros del oro. O así lo llamaba Margie.

«Todos tenemos que arrimar el hombro –le dijo–. No te lo pediría si tuviera tiempo para hacerlo yo.»

A Alfie no le importaba. No soportaba el desorden.

Calentó más agua, la vertió en el fregadero y dejó el jabón de fenol en remojo durante un par de minutos para que se reblandeciera. Luego se quitó el pijama, se quedó plantado en mitad de la cocina (jamás habría hecho aquello con Margie en casa, le habría pedido que saliera afuera y habría puesto una silla contra la puerta por si ella se olvidaba) y se lavó un poco, por arriba y por abajo. Había otro paño colgado junto a la chimenea, y se secó con él. Era áspero y le rascó la piel, pero no había otro. Cuando hubo terminado, corrió arriba a vestirse.

Era martes, día de colegio. Sin embargo, Alfie ya no iba al colegio muy a menudo. A los profesores no parecía importarles. No pasaban lista y nunca llamaban a las madres para informarles de que sus hijos estaban faltando. Por supuesto, Alfie iba de vez en cuando, quizá dos días a la semana. Normalmente, los lunes y los jueves, porque los lunes había clase de historia, y a Alfie le interesaba mucho la historia, en especial todo lo que guardaba relación con los reyes, las reinas y las guerras que se habían librado por la corona de Inglaterra; los jueves había lectura, y Alfie era el mejor de la clase (de hecho, era el mejor de todo el colegio). Además, le encantaba que la señora Jillson, la bibliotecaria, leyera un libro en voz alta o lo pasara entre los alumnos para que todos probaran a leer una o dos páginas. La señora Jillson era más vieja que Maricastaña, pero ponía voces graciosas y les pedía que también las pusieran ellos, y a él le encantaba esa parte.

Todos los profesores que había ahora eran distintos a los que Alfie tenía hacía unos años. Antes había muchos hombres jóvenes en el colegio que eran muy divertidos y siempre querían jugar un rato al fútbol a la hora de comer. Ahora, por supuesto, no había ni un solo hombre joven, aparte del señor Carstairs, que tenía mal las dos piernas y necesitaba muletas para desplazarse. De hecho, casi no había ni un solo hombre joven en ninguna parte, con la salvedad de Joe Patience, el objetor del número dieciséis, y nadie le dirigía la palabra. Ni tan siquiera la abuela Summerfield, que lo conocía desde que era pequeño y antes decía que era como un segundo hijo para ella, o que ella era como una segunda madre para él; Alfie no recordaba cuál de las dos cosas. (Ahora la abuela Summerfield no podía oír mencionar el nombre de Joe sin montar en cólera, y en una ocasión, mientras miraba por la ventana, Alfie la vio darle una fuerte bofetada cuando se cruzó con él en la calle. ¡A Joe Patience! ¡Que era el hombre más amable y simpático del mundo!)

Ahora el colegio estaba dirigido por viejos. Algunos de ellos eran profesores que ya estaban jubilados antes de la guerra y decían que creían que ya habían terminado con aquella lata, que lo único que querían era poder disfrutar de una larga jubilación. La señora Jillson o el señor Flaker, el profesor del Estado jubilado, pertenecían a esa categoría, al igual que el señor Cratchley, cuyo hijo había dado clases en el colegio pero ahora estaba «allí», como él les decía todos los días cuando les pedía que rezaran por Cecil, porque así se llamaba su hijo. Cecil Cratchley. Otros jamás habían dado clases en un colegio, pero ahora todo el mundo tenía que arrimar el hombro; o eso decía el señor Flaker. La necesidad obliga.

Y los viejos eran peores con la palmeta. Los profesores jóvenes que había antes de la guerra casi nunca la utilizaban, pero el señor Flaker rara vez daba una clase entera sin pegar a un niño. El señor Grace, que había sido ayuda de cámara en el palacio de Buckingham hasta los sesenta y cinco años, incluso llevaba una palmeta bajo la manga con una pesa metálica sujeta a la punta con cinta adhesiva. La llamaba Excalibur. Casi todos los alumnos varones habían sido el blanco de sus palmetazos en uno u otro momento. Aunque los niños no protestaban mucho: la mayoría recibía bofetadas en casa a la mínima de cambio. Alfie era el único cuyos padres no le habían levantado nunca la mano (Georgie y Margie decían que no eran partidarios del castigo físico) y, cuando un día se lo mencionó al señor Grace, se fue a casa con una profunda marca de Excalibur en la mano izquierda en castigo a su descaro.

Pero ese día no era ni lunes ni jueves, por lo que no habría historia ni tampoco lectura. Era martes, así que, cuando terminó de vestirse, sacó la caja de limpiabotas que guardaba en el fondo del armario. La dejó en la alfombra y la abrió con cuidado. El fuerte olor de los dos botes de betún impregnó la habitación mientras comprobaba que todo lo que necesitaba estaba dentro: los cepillos, las bayetas, los botes de betún, el calzador, el cepillo de crin y la cera. Miró los botes para ver lo llenos que estaban, pero acababa de reponerlo todo con lo que había ganado el viernes anterior, de modo que debería poder pasarse al menos otras dos semanas sin tener que comprar nada. Cuando se cercioró de que lo tenía todo, cerró la caja, bajó, se aseguró de que no llevaba la cara sucia (porque ya había aprendido hacía tiempo que ganaba más si iba limpio y bien peinado), se puso el abrigo y la bufanda, y salió a la fría mañana de octubre.

Después de todo, Alfie Summerfield era ahora el hombre de la casa. Y tenía que ganarse el pan.

4

Tu rey y tu país te necesitan

La caja de limpiabotas estaba hecha con madera de caoba de color marrón oscuro. Era dos veces más larga que ancha y tenía un cierre dorado para sujetar la tapa a la base. Dentro había tres compartimentos.

El primero contenía dos cepillos de crin, uno para piel negra y otro para piel marrón, ambos con asa; el segundo, cuatro bayetas grises y un par de esponjas; el tercero, dos latas de betún que casi estaban llenas cuando Alfie encontró la caja. En un lado, la caja llevaba grabada la palabra «Holzknecht» y un emblema que representaba una temible águila de mirada feroz cernida sobre una montaña. Encajado debajo de la tapa había un reposapiés que podía sacarse y acoplarse a la caja cerrada insertándolo en dos delgados surcos de la tapa. Allí era donde el cliente colocaba el pie mientras le limpiaban el zapato.

La primera vez que Alfie llevó la caja a su cuarto, la miró durante mucho rato, pasó los dedos por sus elegantes líneas y olió cautelosamente el betún, que le produjo un irritante cosquilleo en la nariz. Por supuesto, ya había visto cajas como aquélla, aunque ninguna tan bonita ni tan bien cuidada como la del señor Janáček. Unos días después de alistarse, su padre lo llevó a la estación de King's Cross (le dijo que iban a ver los trenes, pero ésa no era la verdadera razón), y Alfie vio a Leonard Hopkins del número dos limpiando zapatos en una esquina próxima a las taquillas y cobrando un penique por cada servicio. Aunque parecía que tardara mucho tiempo en terminar cada zapato, porque siempre que pasaba una chica guapa, Leonard la miraba como si estuviera hipnotizado y no se volvía hasta que el cliente le daba un golpecito en la cabeza.

Lo último que se sabía de Leonard era que estaba apostado a las afueras de Brujas. Había pasado tres meses en un hospital de campaña antes de reincorporarse al servicio activo. Ni tan siquiera había cumplido los diecisiete.

Una tarde Alfie mencionó el trabajo de Leonard al señor Janáček, y el padre de Kalena se rió y dijo que el problema de los ingleses era que siempre querían que otras personas les sirvieran. Los ricos tenían ayudas de cámara y lacayos, mayordomos y amas de llaves; los pobres no podían permitirse esos lujos y les reconfortaba que alguien les limpiara los zapatos. Hacía que se sintieran importantes.

«Pero hay cosas que todos podemos hacer personalmente, Alfie –dijo el señor Janáček, y le enseñó el zapato y el cepillo que tenía en las manos–. Y ésta, joven amigo, es una.»

Al examinar la caja de limpiabotas, Alfie tuvo la certeza de que era una reliquia familiar que llevaba mucho tiempo en la familia del señor Janáček y de que él se la había llevado a Londres al marcharse de Praga, por la mejor razón del mundo, por amor. Quizá la había utilizado él mismo para ganar dinero antes de abrir la tienda de golosinas. O puede que sólo se la hubiera quedado para lustrarse los zapatos. Era cierto que el señor Janáček siempre iba muy arreglado; en Damley Road era famoso por su pulcritud.

–Es su sangre europea –dijo Margie una tarde a la señora Milchin y a la señora Welton mientras terminaba de planchar la ropa de la señora Gawdley-Smith, que vivía en una de las casas elegantes próximas a Henley Square y a la que Margie había comenzado a lavar la ropa por dos peniques el lote («Cada cesta que lavo, Alfie, representa otra comida en la mesa para nosotros»)–. En Europa continental, a los hombres les gusta ir bien arreglados.

–Ah, si yo fuera veinte años más joven y Fred mirara hacia otro lado... –dijo la señora Welton entre risas, y la señora Milchin negó con la cabeza e hizo una mueca, como si acabara de tomarse un sorbo de leche agria.

–No me gusta ver a un hombre tan pulido –sentenció–. Para mí que ese señor Janáček no es de fiar.

Pero, en definitiva, la señora Milchin le había tomado antipatía hacía tiempo por su acento. Ella era así. Los extranjeros no le caían bien.

A Alfie no le gustaba pensar que había robado la caja de limpiabotas; prefería pensar que la había cogido prestada. Sabía que robar no estaba bien: David Candlemas, del número trece, casi había ido a la cárcel por robar carbón del cobertizo de los Scutworth, un escándalo que había tenido a Damley Road en vilo durante semanas, pero estaba seguro de que el señor Janáček aprobaría lo que hacía, y se prometió que le devolvería la caja cuando la guerra terminara y Kalena y él por fin regresaran al número seis.

Si ese día llegaba.

No mucho después de aquello, Margie llegó a casa con cara de preocupación y le dijo que tenía algo importante que contarle. Fueron al salón, donde Alfie se sentó enfrente de ella, con las manos en las rodillas y el cuerpo inclinado hacia delante, expectante.

–Alfie –comenzó a decir Margie, sin mirarlo a los ojos, con la mirada clavada en la chimenea. Se quedó un buen rato callada, pero Alfie decidió que no sería el primero en hablar. Temía lo que ella iba a decirle y ya notaba lágrimas en los ojos–. Tengo una noticia que darte –añadió por fin.

–¿Es buena? –preguntó Alfie.

–Bueno, no es mala –respondió Margie–. Sólo es una noticia, nada más. Información.

–¿Es sobre papá?

Margie se volvió rápidamente hacia él y lo miró a los ojos. Habían transcurrido casi tres años desde que Georgie había entrado en aquel mismo salón vestido de soldado y Margie se había marchado llorando y la abuela Summerfield había anunciado que estaban acabados, que estaban todos acabados.

–No es sobre tu padre –respondió su madre, y negó con la cabeza–. Alfie, ya hemos tenido esta conversación. Está en una misión secreta para el Gobierno, ya te lo he explicado. Por eso no puede ponerse en contacto con nosotros. Por eso no escribe ni podemos escribirle.

«Papá está muerto», pensó Alfie.

–Creía que lo habías entendido –continuó Margie, con un tono un poco más alto, mientras Alfie apretaba los dientes y notaba cómo le rechinaban.

«Papá está muerto.» Cerró los ojos e imaginó un tren que

se detenía en una estación y ahogaba todo lo que su madre estaba diciendo con el traqueteo del motor, «... muerto-papá-está-muerto-papá-está-muerto-papá-está-muerto...». Margie seguía moviendo los labios, seguía hablando, Alfie lo sabía, pero no la oía. Aquellas tres palabras que se repetían sin cesar en su cabeza le impedían oír cualquier otro sonido.

–¡Alfie, basta! –gritó su madre, y le separó las manos de los oídos. Él abrió los ojos y tragó saliva–. ¿Se puede saber qué te pasa?

–Estaba pensando en una cosa, eso es todo.

–¿En qué pensabas?

–En papá.

Margie suspiró.

–Alfie, si quieres que hablemos de papá, podemos hacerlo. ¿Es eso lo que quieres?

–Dime la verdad sobre él.

–Ya te la he dicho.

–No soy un niño pequeño –insistió Alfie–. Dime la verdad.

Margie vaciló; por un instante pareció dispuesta a ser franca con él, pero el ruido de los cascos de *Señor Asquith* al trotar por Damley Road y pasar por delante del número doce, donde volvió la cabeza de forma automática, los distrajo, y Alfie supo que sería inútil insistir.

–Vale, dame la noticia –dijo, por fin.

Margie negó con la cabeza.

–Oh, Alfie –se lamentó, con un suspiro–. No sé si me quedan fuerzas.

–Dámela –insistió él.

–Tengo trabajo –contestó ella, y se encogió de hombros–. En el hospital. Voy a ser enfermera de la reina Victoria Eugenia.

–¿Qué es eso? –preguntó Alfie, con el entrecejo fruncido.

–Lees el periódico. Sé que lo haces –respondió ella, sin saber que Alfie sólo abría el periódico todos los días para leer los números.

«14.278.»

–Hay muchos soldados que vuelven del frente malheridos –continuó Margie–. Y hacen falta más enfermeras para atenderlos. Tengo que hacer mi parte, Alfie, lo comprendes, ¿verdad? Siempre he querido encontrar algo que se me diera bien. A lo mejor es esto. Pienso en tu padre y... –Se interrumpió y se mordió el labio. Luego negó con la cabeza y cambió de tema–. Puedo ser útil, Alfie. Eso lo entiendes, ¿verdad? Cuantas más personas ayudemos, antes se acabará la guerra.

–¡La guerra no va a acabarse nunca! –gritó Alfie, y se inclinó hacia delante en el sofá–. Va a durar eternamente.

–Eso no es cierto –dijo Margie–. Un día tiene que acabarse. Las guerras siempre se acaban. No pueden empezar otra si no terminan la de antes –añadió, e hizo un amago de sonrisa, pero Alfie no estaba de humor para chistes–. En fin, me han ofrecido un cursillo de seis semanas en el hospital y trabajo al terminar. Por desgracia, tendré que hacer turnos, así que habrá unos cuantos cambios en casa. Tendrás que valerte por ti mismo un poco más. Podrás hacerlo, ¿verdad? Además, la abuela Summerfield está justo enfrente si quieres irte a su casa.

Alfie se lo pensó. La idea de valerse por sí mismo no le

entusiasmaba. Quería que las cosas volvieran a ser como eran antes, cuando Georgie y Margie cuidaban de él y la abuela Summerfield siempre se pasaba a cotillear, cuando el Viejo Bill Hemperton llamaba a la puerta con su inconfundible redoble y daba medio penique a Alfie para que fuera a comprarle el periódico, cuando Kalena Janáček aún era su mejor amiga y no una persona de interés especial y no se la habían llevado para internarla en un campo de concentración.

–Necesitamos el dinero, Alfie, ésa es la verdad –arguyó Margie cuando él no dijo nada.

–Pero ya lavas ropa de otras personas –dijo Alfie.

–No me lo recuerdes. Tendré que hacer todo eso durante el día, entre turnos.

–¿Y cuándo dormirás?

–Oh, dormiré cuando... –De pronto Margie se interrumpió y las mejillas se le pusieron escarlatas–. No tengo elección, Alfie. Vamos muy apurados, ya lo sabes. –Vaciló y alzó la voz con exasperación–. ¡No tenemos dinero, Alfie! Con lo de ahora, apenas nos llega. La abuela Summerfield ha dicho que podemos irnos a vivir con ella, pero no lo haré. Ésta es nuestra casa, y mientras me quede una gota de sangre en las venas no voy a dejarte sin ella cuando ya has perdidos tantas otras cosas. Además, ¿cómo voy a seguir comprándote golosinas si no trabajo? –Sonrió, con la esperanza de que él también lo hiciera.

–No necesito golosinas –dijo Alfie–. Puedo pasar sin ellas. Además, ahora ya no hay tantas. Casi ninguna tienda tiene.

–Necesitamos comida –insistió Margie–. Alfie, estamos a un paso de la indigencia. A un paso.

Alfie puso los ojos como platos. No tenía la menor idea de qué significaba «a un paso de la indigencia», pero no parecía nada bueno.

–Si trabajo fuera de casa, le lavo la ropa a la señora Gawdley-Smith y hago algún turno de noche extra, tendremos para comer. Si no, no lo tendremos. Es así de simple. La comida no crece en los árboles, ¿sabes?

–De hecho, sí –replicó Alfie–. Algunas cosas. Las demás crecen en el suelo.

Margie sonrió y hasta se rió un poco, lo cual hizo feliz a Alfie. No recordaba la última vez que había hecho reír a su madre.

–Pues es verdad –dijo ella–. Pero ya sabes a qué me refiero.

Al final tuvieron una larga conversación sobre el hospital y las horas que Margie tendría que trabajar, y Alfie prometió que se portaría bien e iría al colegio todos los días, lo cual Margie dijo que era una señal de que se hacía mayor.

–Un día serás un hombre hecho y derecho, Alfie Summerfield –añadió, y lo besó en la frente–. Igual que tu padre. Estaría orgulloso de ti si estuviera aquí con nosotros.

Sin embargo, por supuesto, Georgie no estaba con ellos. No escribía, no mandaba telegramas; no iba a casa de permiso como Jack Tamorin, del número veinte, ni Arthur Morris, del número dieciocho. Margie insistía en que su misión secreta ayudaría a que la guerra terminara antes, pero Alfie no se creía una palabra.

Sabía que su padre estaba muerto.

Alfie robó la caja de limpiabotas del señor Janáček por una sola razón: trabajar como había hecho Leonard Hopkins para poder echar una mano a su madre. Ella ya hacía su parte; era hora de que él también hiciera la suya.

El día siguiente era miércoles, por lo que no había necesidad de ir al colegio. (A fin de cuentas, no había clase de lectura ni de historia.) Alfie esperó a que Margie se marchara al hospital para empezar el cursillo y sacó la caja del armario, la abrió para asegurarse de que todo seguía en su sitio, se lavó, se vistió, desayunó y salió de casa.

Damley Road estaba muy cerca de la estación de King's Cross, y Alfie se dirigió allí por calles que ya conocía, cambiándose la caja de mano siempre que empezaba a pesarle demasiado. Se sentía como un hombre de mundo, un hombre trabajador igual que había sido su padre cuando se levantaba temprano para repartir la leche. Cuando se cruzó con otros hombres trabajadores, le entraron ganas de ladear la gorra para saludarles, pero se contuvo por temor a hacer el ridículo.

Cuando entró en King's Cross, una honda emoción se apoderó de él. La última vez que había estado allí (la única vez que había estado allí) fue el día que Georgie lo llevó unos días después de alistarse. La estación estaba muy concurrida en esa época. Había repartidores de periódicos por doquier (se decía que, durante julio de 1914, la tirada total de periódicos se había sextuplicado porque todo el mundo quería saber qué le deparaba el futuro), y había centenares de pasajeros subiendo a trenes y apeándose. El ruido de las locomotoras de vapor resultaba ensordecedor, y el humo que llenaba la estación era tan espeso como la densa niebla de Londres. Georgie no llevaba el uniforme de soldado ese día. Lo había dejado en casa, colgado en el armario. No se lo había vuelto a poner desde el día que entró en el salón y los dejó a todos sorprendidos.

–¿Sabes? –dijo Georgie. Se quedó parado en el vestíbulo, mirando las vías, fijándose en la altura del techo, escuchando los silbatos de los jefes de tren–, hubo una época en la que quise ser maquinista. Solicité trabajo en la línea de Londres a Edimburgo, pero no me lo dieron.

–¿Por qué? –preguntó Alfie, y miró a su padre.

–Dijeron que no encajaba en el perfil –respondió su padre, y se encogió de hombros–. Fuera lo que fuera eso. Son unos engreídos, los maquinistas. Se creen mejores que los demás porque siempre van de uniforme. Pero no lo son.

–Ahora tú también llevarás uniforme –dijo Alfie, y Georgie se rió un poco y le alborotó el cabello, aunque Alfie no lo había dicho en broma.

–Sí, supongo que sí –convino–. Espera... ya que estamos aquí, hay una cosa que tengo que hacer.

Se dirigieron a las taquillas, donde había muchas personas haciendo cola para comprar el billete, pero al final de la hilera de ventanillas había tres mesas alineadas en el andén sin ninguna barrera delante, cada una atendida por un oficial que estaba inclinado sobre un libro de registro y hacía anotaciones junto a algunos renglones.

–Buenas tardes –dijo Georgie.

Se encendió un cigarrillo, le dio una calada y se acercó al hombre de la mesa central, que era unos diez años mayor que él y tenía el pelo moreno, con una raya al lado muy bien hecha y tanto fijador que las púas del peine le habían dejado surcos como un campo recién arado. Alfie oyó un silbido de admiración y, al volverse, vio a Leonard Hopkins, arrodillado junto a su caja de limpiabotas, comiéndose con los ojos a una chica que se volvió sorprendida y sonrió antes de que su madre se la llevara a rastras.

–¿Puedo ayudarte? –preguntó el hombre de la mesa.

–Me llamo Georgie Summerfield –respondió Georgie–. Me dijeron que viniera aquí para organizar mi transporte.

–Eres un nuevo recluta, ¿verdad?

–Así es.

El hombre sentado a la mesa asintió, pero siguió igual de serio. Lanzó una mirada a los hombres que lo flanqueaban, y ellos se miraron con aire divertido antes de negar con la cabeza y volver a concentrarse en sus libros de registro.

–Muy bien, hijo –dijo el hombre del centro–. Esto es nuevo para ti, así que voy a suponer que no sabes cómo hacemos las cosas. Antes que nada, quítate el cigarrillo de la boca y apágalo.

Georgie miró al oficial, y Alfie miró a Georgie. La expresión de su padre había cambiado, como si acabara de comprender que la vida ya no era la misma que hacía unos días. Obedeció. Tiró el cigarrillo al suelo y lo aplastó con el tacón de la bota. Alfie vio que las manos le temblaban un poco al hacerlo.

–Ahora ponte firme y mira al frente. Eso es. No eres un animal de la selva. Postura. Nunca olvides la postura.

Georgie se puso derecho, echó los hombros hacia atrás, miró al frente. A su lado, Alfie también se irguió. La cabeza le quedaba a la altura de la cintura de su padre.

–Eso está mejor. Ahora volvamos a intentarlo, ¿vale? Creo que lo que querías decir era «Buenas tardes, señor».

–Sí, señor –dijo Georgie.

–¿Me repites el nombre?

–Georgie Summerfield.

El sargento enarcó una ceja, volvió a dejar el bolígrafo en la mesa y miró al padre de Alfie con cara de irritación.

–Georgie Summerfield, «señor» –susurró Alfie.

–Georgie Summerfield, señor –repitió Georgie, en un tono quedo y resignado.

El sargento asintió, hojeó el libro y fue pasando el dedo por la lista de nombres.

–¿Damley Road? –preguntó, y alzó la vista.

–Así es, señor.

–Tienes suerte, Summerfield. Aún te quedan unos días. Miércoles por la mañana. Salida a las ocho de Liverpool Street. Cuartel de Aldershot. Instrucción básica durante ocho semanas. Ve con esto –le dio un billete por encima de la mesa– y verás a los nuestros enseguida, en la vía cuatro. 14.278, ése es tu número. Haz el favor de no retrasarte. A eso nosotros lo llamamos «deserción».

–De acuerdo, señor.

El sargento miró a Alfie.

–Y este pilluelo ¿quién es? –preguntó.

–Es mi hijo, señor. Alfie.

–Estás orgulloso de tu padre, ¿eh, Alfie? –preguntó el sargento, pero Alfie no dijo nada–. Pues lo estarás –continuó, antes de despacharlos–. Algún día.

–Pensaba que habíamos venido a ver los trenes –objetó Alfie de camino a casa.

–Y a eso hemos venido –dijo Georgie.

–No es verdad –replicó Alfie, y le soltó la mano.

Ahora Alfie había regresado a la estación de King's Cross por primera vez desde aquel día. Miró alrededor y recordó dónde estaba sentado el sargento, pero allí ya no había ninguna mesa, aunque las taquillas no se habían movido de sitio. Se veía a muchos soldados andando por el vestíbulo. Algunos aguardaban en grupos pequeños junto a la cafetería, con los petates en el suelo. Otros se apeaban de trenes y miraban alrededor en busca de personas a las que reconocieran. El traqueteo de las locomotoras era tan ensordecedor como de costumbre («muerto-papá-está-muerto-papá-está-muerto-papá-está-muerto»), y Alfie se preguntó cómo podían soportarlo las personas que trabajaban en la estación.

Se fijó en un joven soldado raso que esperaba en mitad de un andén con el petate a la espalda y una profunda cicatriz roja en la mejilla. Debía de rondar la veintena, pensó Alfie, y la expresión de su cara era difícil de definir; parecía que lo hubiera visitado un fantasma pero no se atreviera a contárselo a nadie por temor a que lo encerraran de por vida. Un momento después, dos personas mayores, un hombre y una mujer (sus padres, Alfie estaba seguro de ello), corrieron a su encuentro y, cuando él los vio, el petate se le cayó al suelo y la cara se le descompuso. Pareció que fuera a desplomarse pero, antes de que lo hiciera, sus padres ya estaban uno a cada lado, sosteniéndolo, y él se puso a llorar en sus hombros, con fuertes sollozos, mientras ellos lo abrazaban para protegerlo del mundo, le acariciaban el pelo y le susurraban al oído. Cuando echaron a andar, el muchacho siguió apoyándose en sus padres, y los tres permanecieron lo más juntos posible sin acabar todos amontonados en el suelo. El padre lo tenía sujeto por los hombros y la madre lo rodeaba por la cintura. Alfie se quedó mucho rato viendo cómo se alejaban hasta que decidió que no debería mirar tan fijamente y apartó los ojos.

Echó un vistazo alrededor y le alegró ver que no había ningún otro limpiabotas en toda King's Cross. Hacía tiempo que Leonard Hopkins no estaba, pero parecía que nadie lo había sustituido. Alfie eligió un lugar próximo a una columna que quedaba a la misma distancia de las taquillas a la izquierda, las vías a la derecha y la cafetería de la esquina, y se sentó en el suelo, abrió la caja del señor Janáček, sacó los cepillos, bayetas, esponjas y botes de betún y volvió a cerrarla. Se quitó la gorra y la dejó boca arriba en el suelo antes de meter el dinero suelto que llevaba en el bolsillo (tres monedas de medio penique) para dar la impresión de que ya había empezado. Luego alzó la vista y gritó a pleno pulmón:

–¡Limpiabotas! ¡Límpiese los zapatos aquí!

Ese día, cuando volvió a casa, encontró a Margie echándose una siesta en el salón; parecía agotada. Corrió a su cuarto y guardó la caja en el fondo del armario antes de regresar a la cocina y lavarse las manos con jabón de fenol. Cuando hubo terminado, se las olió, pero el olor a betún no se le había quitado, de modo que volvió a lavárselas. No consiguió gran cosa, pero iba a tener que aguantarse; estaban tan limpias como podía tenerlas. Le dolía un poco la espalda después de pasarse todo el día encorvado y tenía agujetas en los brazos. Puede que estuvieran en guerra, pero seguía habiendo una cantidad sorprendente de caballeros que querían llevar los zapatos relucientes.

Miró alrededor y se le encogió el corazón con lo que vio. Había fundas de almohada de la señora Gawdley-Smith en todas las sillas del salón, y sus sábanas estaban tendidas en el patio junto con algunas extrañas prendas de ropa interior. Margie jamás se daría cuenta de que las manos le olían a betún. El olor a ropa limpia que impregnaba la casa era demasiado fuerte.

Encontró el monedero de su madre en el bolso que ella había dejado en el rincón, lo sacó, lo abrió y miró dentro. No había mucho dinero. Metió la mano en el bolsillo, sacó lo que había ganado ese día y dejó la mayor parte en el monedero (suficiente dinero para que Margie se alegrara de encontrarlo pero no tanto como para que se extrañara) antes de llevar el resto a su cuarto, donde lo escondió en una caja en el fondo del cajón de los calcetines por si surgía un imprevisto. Luego se desplomó en la cama y cerró los ojos.

Aún era temprano, el sol no se había puesto todavía, pero Alfie se durmió encima de la cama mientras Margie roncaba en el sillón roto de la chimenea.

Aquello no había sucedido nunca antes de que la guerra comenzara.

5

Cuando esta maldita guerra termine

Alfie comenzó a trabajar a las ocho de la mañana, una de las horas de mayor actividad del día en la estación de King's Cross. Se instaló en el sitio de siempre, desde el que veía las vías, las taquillas y la cafetería, acercó una silla para los clientes, dejó la gorra boca arriba en el suelo y miró alrededor en busca de su primer cliente del día. Mientras esperaba, sacó el libro de *Robinson Crusoe* del bolsillo y continuó por donde se había quedado la noche anterior. Los bordes ya estaban un poco rozados, las páginas tenían rasgones, pero las palabras seguían intactas.

–¡Hola, Alfie!

Al alzar la vista vio al señor Podgett, el director de un banco del barrio que se lustraba los zapatos todas las semanas, plantado delante de él.

–Hola, señor Podgett –respondió.

–Lo de siempre, por favor –dijo el banquero. Se sentó, desplegó el periódico, colocó un zapato en el reposapiés y dio un gran suspiro de bienestar. Alfie examinó sus zapatos marrón oscuro; tenían un poco de polvo en las punteras y habían sufrido una serie de rozaduras desde la semana anterior–. Un día frío, ¿no? Ya es casi noviembre, supongo. No podemos esperar una ola de calor.

Alfie sacó una bayeta y la pasó por el zapato izquierdo antes de untar otra con betún y extender una capa uniforme por todo el zapato. A continuación cogió el cepillo de crin para piel marrón y comenzó a pasarlo con brío por la superficie limpia. El olor del betún le gustaba bastante; le recordaba la época en la que entraba corriendo en el número seis para jugar con Kalena. Su casa siempre olía así.

–Hoy hay mejores noticias –agregó el señor Podgett mientras leía los titulares–. Parece que las cosas empiezan a irnos bien, para variar. Puede que, finalmente, esta maldita guerra se acabe pronto. Esta mañana he dicho a la señora Podgett: «Señora Podgett, creo que sólo quedan unos meses para que esto se acabe». Por supuesto, ella alega que siempre digo lo mismo pero nunca se cumple, y puede que tenga razón, pero esta vez estoy convencido.

Alfie no hizo ningún comentario. Sabía por experiencia que el señor Podgett prefería hablar y hablar sin que lo interrumpieran. Era mejor mantener la boca cerrada hasta que él le hacía una pregunta directa que requería una respuesta.

–Nuestro hijo, Billy, todavía está allí, naturalmente –añadió el señor Podgett un momento después–. Te he hablado de Billy, ¿verdad? Está en Bélgica con su batallón. No sé dónde, por supuesto. Todo es ultrasecreto, confidencial. Tiene a más de trescientos hombres a su mando, ¿te lo puedes creer? Claro que siempre ha sido muy responsable y concienzudo, incluso cuando era pequeño. Nunca nos ha dado problemas. Tú eres igual, imagino, ¿verdad, Alfie? Un orgullo para tu familia.

–Mamá dice que soy muy travieso –arguyó Alfie.

–Bueno, estoy seguro de que no lo haces por fastidiar. Pero Billy siempre se portaba bien, así que no es sorprendente que haya acabado en un puesto de tanta responsabilidad. Vale, hubo un incidente cuando fuimos a Cornualles a visitar a su tía Harriet y tuvo una pelea espantosa con el hijo de los Cattermole, pero yo siempre dije que apenas fue nada, y nunca tendríamos que haber permitido que se armara tanto escándalo. El chico acabó poniéndose bien, ¿no? Al final no pasó más de dos días en el hospital. Y en cuanto a la chica, la que dijo que había sido testigo de todo, era una casquivana, todo el mundo lo sabía. Corrían rumores sobre ella. No diré qué clase de rumores, Alfie, por respeto a tu edad, pero seamos francos, si el río suena, es porque agua lleva, ¿no? Y no es difícil imaginar que ella los enfrentó. ¿Has estado alguna vez en Cornualles, Alfie?

–No, señor –respondió Alfie.

–Un hermoso rincón del mundo. Entonces ¿adónde vas de vacaciones? ¿Al Distrito de los Lagos? ¿A Gales? ¿Al norte de Inglaterra?

Alfie intentó no reírse. A veces los adultos hacían unas preguntas tremendamente ridículas. Él no había ido de vacaciones en su vida. Ni siquiera estaba seguro de lo que se hacía en vacaciones. ¿Era lo mismo que cualquier otro día, sólo que en otro sitio? Si su familia se iba de vacaciones, ¿se pondría él a lustrar zapatos en el muelle de Blackpool? ¿Le daría a la abuela Summerfield por cotillear en Stonehenge? ¿Tendría Margie problemas para llegar a fin de mes en la isla de Wright?

–Por supuesto, al final el hijo de los Cattermole salió

bastante bien parado –continuó el señor Podgett, sin esperar respuesta–. Harriet me dijo que no ha podido ir a la guerra porque la pierna no acabó de curársele bien, pero no creo que Billy tuviera nada que ver con eso. Puede que hasta se lo hiciera él mismo para evitar que lo reclutaran. Se oyen historias como ésas todos los días, ¿no? Una vergüenza. Yo le tendría más respeto a un objetor de conciencia que a alguien así. No, para mí que Billy le hizo un favor a ese chico. ¡Y ahora míralo! En alguna parte de Europa, llevando a quinientos hombres al combate y de vuelta a las trincheras, anteponiendo el bienestar de este país a su seguridad personal. Escribió a su madre hace poco y le dijo que esperaba que la guerra no se acabara nunca, hasta ese punto disfruta con los enfrentamientos, pero seguro que no lo decía en serio. Todo el mundo quiere que la guerra termine. La señora Podgett se echó a llorar cuando leyó la carta; dijo que la culpa de que hubiera salido así era nuestra, aunque yo respondí: «Alice... pero ¿qué dices? Nuestro hijo tiene mil hombres a su mando y ha demostrado su valía en incontables ocasiones, cada vez que lleva a todos esos valientes a la batalla, cada vez que escribe a los padres de todos los chicos que mueren. Fíjate que tiene tantas cartas que escribir que ya no puede ni salir a luchar». Es un buen chico, Alfie, estoy orgulloso de él, pero aquí pone –golpeteó el periódico con el dedo–, aquí pone que las cosas van mejor y que puede que ya se vea el final. Estaría bien, ¿verdad? Te gustaría que la guerra acabara, supongo.

Alfie asintió. Ya había terminado el zapato izquierdo y había empezado con el derecho. Aquélla era una pregunta directa. Requería una respuesta.

–Sí, señor –dijo.

–Claro que sí. A ti y a todos. Cielo santo, chico, me has dejado el zapato como una patena. Tendrías que hacer esto para ganarte la vida.

–Ya lo hago –masculló Alfie.

–Les hablaré de ti a todos mis compañeros del banco. Supongo que habrás visto a varios por aquí. Tendrías que darme una comisión, en serio. O, al menos, limpiarme los zapatos gratis de vez en cuando.

Se rió al decir aquello, pero a Alfie no le pareció que hablara en broma. Bajó la cabeza y siguió trabajando.

–¿Ya está? –preguntó el señor Podgett cuando Alfie pasó por última vez la bayeta a los zapatos y se enderezó para admirar su obra.

–Sí, señor –dijo.

–Muy bien. –El señor Podgett se levantó y dejó un penique en la gorra de Alfie. Por un momento vaciló y se quedó mirándolo–. He hecho todo lo posible por él –añadió al fin, en voz más baja que de costumbre–. Tal vez si pudiera volver atrás..., pero no podemos, ¿no? –Negó con la cabeza y casi susurró–. Aunque quisiéramos. –Alfie lo miró sin saber qué esperaba que dijera, y el señor Podgett se limitó a mover la cabeza con aire triste–. Me recuerdas un poco a él, ¿sabes? –añadió–. Cuando era pequeño. Tenía una expresión franca, como tú. Había bondad en él, antes. En fin... –Suspiró, negó con la cabeza y miró el reloj de la estación–. Mejor sigo con lo mío. ¿A la misma hora la semana que viene, Alfie? ¿Estarás aquí?

–Sí, señor –respondió él.

–Perfecto –dijo el señor Podgett, y alzó la mano para

dirigirle un saludo militar mientras se alejaba–. Hasta entonces, *auf Wiedersehen*, Alfie, como dicen nuestros amigos alemanes.

Lo cual no fue nada prudente, porque tres personas lo siguieron con la mirada y un hombre se acercó a un policía y le susurró algo al oído; poco después, el agente salió de la estación detrás del señor Podgett cuando él se perdió en las concurridas calles.

Hacia las once, Alfie había lustrado tres pares de zapatos y se había gastado medio penique en un rollo de salchicha que había comprado en la cafetería, con lo cual tenía dos peniques y medio más que al empezar el día. Había visto cómo prohibían a un hombre subir al tren de Londres a Cambridge por ir borracho, y una niña que sólo tenía uno o dos años menos que él le había sacado la lengua al pasar cogida de la mano de una señora mayor.

Un hombre que tenía el bigote pelirrojo había colgado una serie de carteles de propaganda militar por toda la estación: en uno aparecía una imagen de Londres por la noche, con el Big Ben y la catedral de San Pablo en primer plano. «ES MEJOR ENFRENTARSE A LAS BALAS QUE MORIR EN CASA POR CULPA DE UNA BOMBA», decía. En otro aparecía un soldado raso, limpio y sonriente, con un rifle a la espalda. «¡SÍGUEME! –decía–. TU PAÍS TE NECESITA». Alfie no creía que hubiera muchos soldados así de felices en la vida real.

Justo después de mediodía, un hombre joven pasó por delante de su puesto de limpiabotas, lo miró con el rabillo del ojo, siguió andando y, un momento después, se detuvo y se fijó en el enorme reloj de la estación. Consultó su billete antes de volverse hacia Alfie y mirarse los zapatos. Tenía alrededor de veinticinco años y llevaba un bastón en la mano izquierda. Cuando se acercó, arrastró un poco la pierna, y Alfie intentó no mirar. Llevaba un traje oscuro, una camisa blanca almidonada y una corbata negra, y no parecía nada cómodo con ninguno de ellos.

–Creo que me vendría bien limpiarme los zapatos –dijo, en un tono educado y algo nervioso. Luego se rió un poco, y Alfie no supo por qué; era como si acabara de contarse un chiste a sí mismo. Se sentó, colocó el zapato izquierdo en el reposapiés y Alfie se puso manos a la obra.

–¿Una mañana ajetreada? –preguntó el hombre.

–No mucho –respondió Alfie, y lo miró–. Los martes siempre son tranquilos. No sé por qué. Los lunes son el día de más actividad, porque todo el mundo quiere empezar la semana con los zapatos limpios, pero los lunes no trabajo.

–¿Por algún motivo concreto?

–Los lunes hay clase de historia. No me gusta perdérmela.

El hombre joven se rió.

–Muy sensato –dijo–. A mí nunca se me dio bien la historia. Era incapaz de aprenderme los reyes y las reinas, las batallas y las guerras. Lo que les pasó a los duques de la Torre...

–Los príncipes –precisó Alfie.

–¿Quién los metió ahí, Ricardo II?

–Ricardo III –dijo Alfie.

–Nombres y números, eso me parecía a mí, nombres y

números. Es una suerte que te guste. Me llamo Wilf, por cierto –añadió.

–Alfie –dijo Alfie, mientras pensaba en que nunca cambiaba nada; más de cuatrocientos años después, y todo volvían a ser nombres y números.

–Encantado, Alfie. Sé buen chico y déjamelos bien relucientes, ¿quieres? No puedo presentarme con los zapatos sucios. Los he sacado del armario esta mañana y no te imaginas cómo estaban, aunque hace siglos que no me los pongo.

Alfie lo miró mientras empezaba a pasarle una esponja por la vira del zapato. Se le ocurrió que, desde que trabajaba en King's Cross, había aprendido de forma instintiva cuándo un cliente quería hablar y cuándo quería que lo dejaran en paz. A los hombres como el señor Podgett les gustaba escucharse. Otros, como Wilf, parecían querer un poco de conversación. Y en lo que a él respectaba, todo eso formaba parte de su trabajo.

–¿Va a algún sitio bonito, señor? –preguntó.

–A Cheltenham –respondió Wilf–. El sitio es bonito, pero el motivo no.

Alfie lo miró y supo al instante por qué iba vestido de negro.

–El entierro de mi hermano –explicó Wilf–. Mi hermano menor. Alistair. Trajeron su cuerpo este fin de semana.

–Lo siento –dijo Alfie.

–Sí –convino Wilf, y se le quebró un poco la voz–. Sí, yo también. Sólo tenía dieciocho años, ¿sabes? Era el benjamín. Y el más listo. Lo vi hace tan sólo un mes. Había terminado en Aldershot y se iba a Calais. Fui a Southampton para desearle suerte.

Alfie dejó de lustrarle el zapato cuando oyó la palabra: «Aldershot». Ése era el cuartel donde Georgie había recibido instrucción militar. Se había pasado allí uno o dos meses aprendiendo a combatir, a matar, antes de que lo mandaran a Francia, desde donde les había escrito todas las semanas durante casi dos años antes de que su correspondencia se interrumpiera de golpe y Margie le dijera que ya no recibirían más cartas suyas porque estaba en una misión secreta para el gobierno.

Una explicación que, en lo que a Alfie respectaba, era una forma adulta de decir «tu padre ha muerto, pero no queremos contarte la verdad».

–Alistair murió sólo un par de semanas después de llegar, el pobre –continuó Wilf–. No sé si fue una bendición o una tragedia para él. No ha tenido que pasarse años en las trincheras como alguna de esa pobre gente. Se ha librado de eso, ¿no?

–¿Qué le pasó? –preguntó Alfie. Lo miró, consciente de que no debería hacer preguntas de esa clase, pero no había podido contenerse.

–Un sargento sin dos dedos de frente le mandó hacer de camillero en plena noche –respondió Wilf–. Es una misión suicida, ¿no? Recoger a los muertos. Nadie sobrevive. Tendría que haber un armisticio de una hora en el que ambos bandos pudieran salir a recoger a sus soldados caídos. Lo sugerí una vez, en el Ministerio de Guerra, y por cómo me miraron los generales, parecía que hubiera sacado una bandera blanca y me hubiera rendido. Lo único que quería era un poco de civismo en un mundo incívico. En cualquier caso, Alistair no sintió nada, y eso ya es algo, supongo. Pero Dios mío, han tardado muchísimo en mandar el cuerpo. El entierro es hoy. El Ministerio de Guerra me ha dado el día libre. Así que voy a tener que ir a Cheltenham y volver en el mismo día, sin que me quede tiempo para estar con la familia. Tengo que estar sentado a mi mesa mañana a primera hora o pasaré las de Caín para cobrar.

Alfie miró el bastón de Wilf, que estaba apoyado en la silla junto a él. Cuando fue a apartar los ojos, se dio cuenta de que Wilf lo estaba observando.

–Te preguntas por esto, ¿verdad? –dijo–. Me ha mantenido alejado del frente estos dos últimos años. Una bala perdida me atravesó el fémur en las afueras de Mons. Pasé un par de semanas en un hospital de campaña mientras intentaban salvarme la pierna. Naturalmente, no sirvió de nada. Se habrían ahorrado mucho tiempo y energía si me la hubieran amputado el día que llegué en vez de esperar dos meses enteros.

Alfie dejó de lustrarle el zapato izquierdo y se quedó con las manos suspendidas en el aire.

–Oh, sí, es una pierna ortopédica, me temo –aclaró Wilf–. No te asustes, chico. No hay nada que temer.

Alfie negó con la cabeza y siguió lustrándole el zapato.

–No me asusto –afirmó, en voz baja.

–En qué tiempos tan extraños vivimos cuando un hombre tiene que lustrarse un zapato para su pierna ortopédica, ¿no crees? –dijo Wilf con una media sonrisa–. Pese a todo, hay que guardar las apariencias. O eso nos dicen. Es raro; estoy encantado de haberme librado, pero tengo la sensación de que, quedándome aquí, eludo mi deber. He acabado con un empleo de oficina en el Ministerio de Guerra, ¿sabes? Me quitaron el uniforme, me dijeron que llevara traje. No tienen ni idea de cómo es ir sin uniforme para los hombres de mi edad. De cómo nos miran. Una mujer se acercó a mí en mitad de Picadilly Circus; puede que no viera el bastón. Abrió el bolso, y delante de todo el mundo me... me... –Negó con la cabeza y levantó el labio con una mezcla de rabia y dolor–. ¿Por qué lo hacen? –masculló–. No lo entienden, ninguna de ellas.

Alfie se sintió incómodo ante tanto dolor y tanta rabia. Vio una fisura en la pupila marrón del ojo derecho del hombre: una marca de nacimiento, supuso.

–¿Tienes algún hermano mayor en el frente? –preguntó Wilf un momento después, y Alfie negó con la cabeza–. ¿Tu padre, entonces? Perdona, no debería hacer esa pregunta. La verdad es que no es asunto mío.

–¿Qué le parecen? –preguntó Alfie, y le señaló los zapatos con un gesto de la cabeza; por fin había terminado. Se alegraba de haberlo hecho.

–Perfectos. Ni yo mismo lo habría hecho mejor. –Wilf sacó un penique del bolsillo y lo echó al centro de la gorra de Alfie. La moneda tintineó al rebotar en las que ya había–. Gracias –añadió.

Se levantó y cogió el bastón. Abrió la boca para decir algo más, pero pareció pensárselo mejor y simplemente se alejó en dirección a la vía seis.

Alfie lo observó hasta que se perdió entre la multitud y luego reorganizó todos sus enseres en el suelo mientras esperaba al próximo cliente.

Alfie no comía mucho a mediodía. Pasar tanto rato encorvado sobre la caja de limpiabotas parecía quitarle un poco el apetito. El olor del betún y la irritación de garganta que le causaba el vapor de las locomotoras tampoco ayudaban. Pero sabía que no podría trabajar al mismo ritmo por la tarde si no comía alguna cosa, de modo que compró un pastelito de carne en el puesto de comida. El hojaldre estaba duro y seco, y dentro había más salsa que carne (estaba seguro de que sólo se había comido un bocado de carne y dos correosos trozos de riñón), pero por el momento le sació.

La tarde era floja, y había comenzado a hacer más frío. Un fuerte viento entraba por la salida de Euston Road y barría los andenes, obligando a los viajeros a arrebujarse en los abrigos. De dos a cuatro nunca había mucho trabajo y, en consecuencia, Alfie podía pasar más tiempo en la isla de la Desesperación con *Robinson Crusoe*, pero sabía que los primeros pasajeros de la tarde no tardarían en llenar la estación, y cuando lo hicieran quizá conseguía uno o dos clientes.

Poco después de las tres y media, un hombre flaco de mediana edad con un uniforme militar marrón que no parecía llevar más de diez minutos planchado se sentó sin decir una palabra y colocó el zapato derecho en el reposapiés. Alfie se puso a trabajar sin abrir la boca mientras el hombre sacaba una recia carpeta del maletín y dedicaba toda su atención a los documentos que contenía. De vez en cuando negaba con la cabeza y mascullaba palabras malsonantes. Cuando dijo una que era muy malsonante, Alfie se rió entre dientes y el bote de betún se le resbaló de la mano. De inmediato el hombre cerró la carpeta y lo miró.

–¿Qué ha pasado? –preguntó, un momento después.

–Lo siento, señor –dijo Alfie.

El hombre negó con la cabeza.

–No, el que lo siente soy yo –se disculpó–. ¿Estaba hablando otra vez en voz alta?

Alfie asintió, y el hombre se rió.

–Es una costumbre que tengo –explicó–. Mi mujer siempre me riñe por eso. –Se puso la carpeta en el regazo y observó a Alfie cuando éste cogió una bayeta y se la pasó por el talón izquierdo–. Se te da muy bien –añadió por fin–. Ya llevas tiempo haciéndolo, ¿no?

–Más de un año –respondió Alfie.

–Dios santo. ¿Cuántos años tienes, chaval?

–Nueve, señor.

–Nueve años y ya te ganas la vida. Es como estar otra vez en la época de Dickens. ¿Has leído a Dickens?

–No, señor.

–¿Has leído algo?

–Sí, señor.

–¿El qué?

–*Robinson Crusoe*.

–No lo leo desde que era pequeño. Lee *Oliver Twist*. O *Nicholas Nickleby*. Te prometo que te gustarán. Yo estoy leyendo a ese escritor nuevo, Lawrence, pero no creo que te convenga leerlo todavía. Por cierto, ¿no tendrías que estar en la escuela?

Alfie lo miró pero no dijo nada, y él se encogió de hombros y apartó la mirada.

–No es asunto mío, supongo –dijo–. Además, ya tengo suficientes preocupaciones en mi vida para interesarme por el bienestar de todos los niños desamparados con los que me encuentro.

El betún estaba apelmazando las cerdas del cepillo, y Alfie lo sacudió y lo restregó contra el suelo, donde los grumos dejaron un sucio residuo en las baldosas. El hombre no dijo nada más y volvió a concentrarse en los documentos mientras Alfie trabajaba. Pasó las páginas con rapidez, hizo anotaciones en algunas con una pluma que parecía cara, tachó líneas enteras en otras. El viento que entraba de la calle arreció y barrió la estación y, justo cuando el hombre volvía una página, la carpeta se le resbaló y los documentos que contenía echaron a volar y se dispersaron por toda la estación.

–¡Oh! –gritó. Se levantó tan deprisa que casi dio una patada a Alfie al retirar el pie derecho del reposapiés–. ¡Mis papeles! No puedo perderlos. Ayúdame, haz el favor. Coge todos los que puedas antes de que el viento se los lleve.

Alfie echó a correr por la estación y fue recogiendo los papeles a puñados; estaban por doquier, en la cafetería, en las taquillas, en el estanco, en el quiosco de periódicos. Pero él no cejó y, antes de darse cuenta, tenía más de cuarenta páginas en las manos. Cuando miró alrededor por si veía alguna más, sus ojos se posaron en la primera página.

Era un documento de aspecto oficial, palabrejas y papel caro, con las palabras «HOSPITAL DE EAST SUFFOLK E IPSWICH» estampadas en la cabecera y una frase en latín debajo, aunque ya nadie hablaba latín. Más abajo, escrito a máquina, ponía:

Repatriados – Informe de una página

Y, debajo, en letra más pequeña, Alfie leyó:

Remitirse al Archivo 3 (b)
para las valoraciones completas de los pacientes.

Había dos columnas, una a la izquierda y otra a la derecha, con nombres y números de identificación, seguidos de otro número que Alfie supuso que guardaba relación con el Archivo 3 (b). No tenía intención de leer la lista de nombres de la columna izquierda (no estaba verdaderamente interesado), pero el problema era que se trataba de una página llena de palabras y, que Alfie recordara, siempre que veía páginas llenas de palabras, quería leerlas. Bajó los ojos por la lista y enseguida se detuvo en un renglón.

Pestañeó, sin estar seguro de si debía dar crédito a sus ojos, y casi soltó los papeles que acababa de recoger. Justo en ese momento, el hombre se acercó y se los arrancó de las manos.

–Creo que están todos –dijo, y miró alrededor antes de volver a meterlos en la carpeta–. Gracias por tu ayuda, chaval. ¿Cuánto te debo?

Alfie no dijo nada; se quedó mirándolo, con la boca abierta. No sabía qué decir. Tenía demasiadas cosas pasándole por la cabeza.

–¿Qué te ocurre? –preguntó el hombre–. ¿Se te ha comido la lengua el gato?

Pero Alfie siguió callado. El hombre enarcó una ceja y negó con la cabeza, como si insinuara que no tenía tiempo para más tonterías, antes de decir:

–Quedamos en un penique, ¿vale?

Arrojó una moneda a la gorra de Alfie, cogió el maletín y echó a andar antes de detenerse y volverse para mirarlo.

–¿Estás bien, chaval? –preguntó, con un tono un poco más compasivo–. Es que soy médico, ¿sabes? Y pareces un poco trastornado. Si te pasa algo, puedes decírmelo. A lo mejor puedo ayudarte.

Alfie negó con la cabeza.

–Estoy bien –respondió con la voz ronca, como le ocurría siempre que Margie lo despertaba demasiado temprano.

–De acuerdo –dijo el médico, antes de encogerse de hombros y alejarse–. Gracias por limpiarme los zapatos.

Despacio, Alfie regresó junto a su caja de limpiabotas y se sentó en la silla de los clientes. Recogió todas las bayetas, cepillos y botes de betún y los guardó en su sitio, separó el reposapiés de la tapa y lo encajó debajo antes de cerrar la caja con el cierre dorado. Luego se puso de pie, salió de King's Cross y puso rumbo a su casa.

Y durante todo el camino sólo pudo pensar en el único renglón del documento del hospital de East Suffolk e Ipswich que le había saltado a la vista.

Una frase sencilla escrita a mitad de página, en la columna izquierda. Decía:

Summerfield, George
Fec. nac.: 3/5/1887
N.º de identificación: 14.278

6

Para mi novia y para mí

De camino a casa desde la estación, Alfie recordó el día que su padre se marchó; cómo les prohibió que fueran a despedirlo a Liverpool Street.

–Sé cómo será –dijo, y negó con la cabeza–. Montones de esposas y madres llorando a lágrima viva, haciendo el ridículo. Despidámonos aquí y listos. Además, no voy a pasar mucho tiempo fuera. Esto se habrá acabado antes de Navidad.

Georgie se iba al cuartel militar de Aldershot para recibir instrucción militar básica, y Alfie sabía que marcharse le ilusionaba tanto como le inquietaba. Después de que se alistara, Margie se pasó dos días sin dirigirle la palabra y sólo se calmó cuando le quedó claro que Georgie no iba a cambiar de opinión y ella iba a tener que asumirlo. Incluso la abuela Summerfield dejó de anunciar que estaban acabados, que estaban todos acabados, y empezó a decir a todos los vecinos que se sentía muy orgullosa de su hijo porque había sido uno de los primeros en alistarse, en responder a la llamada del deber, y estaba segura de que lo protegerían por su valentía.

Cuando Georgie salió del número doce, Margie le echó

los brazos al cuello y le susurró algo al oído que lo obligó a morderse el labio y estrecharla con más fuerza. Los vecinos salieron de sus casas para verlo partir, y Joe Patience le puso un paquete de tabaco de liar Golden Virginia en la mano y le deseó suerte.

–No hagas nada que yo no haría –dijo, y el padre de Alfie se rió y negó con la cabeza.

–Imagino que tú no tardarás mucho –intervino la abuela Summerfield. Miró a su hijo vestido de soldado y después a Joe, que iba en pantalón y camiseta–. Tú y Georgie siempre habéis sido uña y carne. Me sorprende que no os hayáis alistado juntos.

Su tono tenía un deje hostil, y Joe fue incapaz de sostenerle la mirada.

–Hay muchas formas de colaborar en una guerra –arguyó–. No estoy seguro de que matar gente sea la más productiva.

–Puede que no tengas elección –respondió ella–. Ahora son todos voluntarios, pero si las cosas se tuercen...

–Siempre la hay, señora Summerfield –insistió Joe, con un tono un poco más firme–. Yo tomo mis propias decisiones, ya lo sabe.

La abuela Summerfield se puso roja de ira, pero Georgie dijo que aquél no era momento para discutir de política, que sólo quería estrechar la mano a sus amigos y abrazar a su familia, y ella se calló a regañadientes. Aunque era evidente que tenía mucho más que decir.

La última persona de la que Georgie se despidió fue Alfie, que estaba en la calle con la espalda pegada a la ventana del salón.

–Ahora tú eres el hombre de la casa –le dijo, mirándolo de hito en hito, y a Alfie le dio un vuelco el estómago al pensar en la gran responsabilidad que suponía eso–. Cuidarás de tu madre mientras yo no esté, ¿verdad? ¿Y de la abuela?

–Sí –respondió Alfie–. Pero vas a volver, ¿no?

–Antes incluso de que notes que me he ido.

Después Georgie se alejó por la calle con el petate al hombro como si sólo se fuera a la vaquería a trabajar, antes de detenerse, volverse, levantar la mano para despedirse y perderse de vista al doblar la esquina. Sin embargo, habían pasado casi cuatro años, y Alfie no había visto a su padre desde entonces.

Hubo cartas, por supuesto. Georgie mandó la primera desde Aldershot. En ella les explicaba que el viaje había sido muy divertido y que todos estaban ilusionados por llegar. La mayoría de los nuevos reclutas eran de Londres, pero había uno o dos de Norwich e Ipswich, e incluso un muchacho de Plymouth que se había mudado a Clapham hacía tan sólo seis meses para trabajar en la compañía de autobuses. Un tal sargento Clayton estaba al mando y les ordenó que formaran una fila en el patio y dijeran su nombre. Fue un verdadero cafre, decía Georgie, porque gritó a todos los que no decían «Sí, señor», «No, señor», «Lo que usted diga, señor». Tenía a dos cabos con él, Wells y Moody, uno a cada lado, que apenas abrieron la boca.

> Los dos barracones tienen dos hileras de camas cada uno [les explicó Georgie]. Yo estoy cerca de la puerta, entre un chico que se llama Mitchell (es hincha del Arsenal, pero no

se lo tengo en cuenta) y otro que se llama Jonesy. Y no te lo vas a creer, Alfie, pero Jonesy tiene ese libro que el señor Janáček te regaló por tu cumpleaños: *¡Robinson Crusoe!* Casi me reí cuando lo vi, te lo juro.

Margie guardaba las cartas de Georgie y no le gustaba que Alfie las cogiera por si las ensuciaba. Cuando la abuela Summerfield se acercaba una a los ojos para poder leerla, él veía que su madre se ponía nerviosa y habría preferido que le dejara leérsela en voz alta como ella se había ofrecido a hacer.

–Por como lo explica, parece que sólo sea un gran juego –dijo la abuela Summerfield al terminar una de las primeras cartas, y Margie se apresuró a recuperarla y meterla entre las páginas de su Biblia–. Pensaba que le había educado para ser más inteligente.

–Si fuera inteligente, no se habría alistado –aseveró Margie.

Por supuesto, las cosas eran distintas ahora que Alfie tenía nueve años. Ya nadie se alistaba como voluntario. El reclutamiento era obligatorio. Cuando se cumplían dieciocho años, no había más remedio que ir a la guerra. Alfie se pasaba mucho tiempo pensando que, si las cosas no se resolvían en los próximos nueve años, él también tendría que ir, una idea que lo atemorizaba. El hecho de estar casado ya no importaba, de modo que no tenía sentido contraer matrimonio para librarse de servir en el ejército. Aunque dos personas se casaran, el novio tendría que pasar la luna de miel solo en Francia.

La única excepción era Joe Patience, que acababa de

regresar al número dieciséis después de dos años, aunque no había estado sirviendo en Francia ni combatiendo en Bélgica, sino encerrado en la cárcel de Wormwood Scrubs por negarse a ser soldado. Sólo lo habían soltado por la cantidad de palizas que había recibido dentro; la última había estado tan cerca de matarlo que casi había estallado un escándalo. Ahora Joe volvía a vivir a dos puertas de la suya, pero casi nunca salía de casa y, desde luego, jamás se sentaba fuera para tocar el clarinete como hacía antes de que comenzara la guerra. La abuela Summerfield lo llamaba sinvergüenza y cobarde, la señora Milchin opinaba que habría que colgarlo de la farola más próxima. Incluso Helena Morris, que antes estaba colada por él, decía que no habría que permitirle vivir cerca de personas decentes y respetables.

Solamente Margie y el Viejo Bill Hemperton seguían relacionándose con él. Margie insistía en que era el amigo más antiguo de Georgie y en que, tuviera o no razón, ya había sufrido bastante por sus convicciones. El Viejo Bill se limitaba a decir que él también era un hombre muy fiel a sí mismo y se negaba a que nadie le dijera con quién podía hablar y con quién no, no mientras le quedara una gota de sangre en las venas. Ninguno de aquellos argumentos convencía a la abuela Summerfield, que no podía oír mencionar el nombre de Joe sin montar en cólera.

Tres meses después de que doblara la esquina de Damley Road, Georgie ya no estaba en Inglaterra. Junto con el resto de los nuevos reclutas, cogió un tren a Southampton y, desde allí, un barco a Calais. A partir de entonces, sus cartas comenzaron a espaciarse y, cuando llegaban, a veces tenían grandes tachones negros, con lo que Alfie y su madre no podían leer todo lo que ponía.

«Son los jefes –explicó Margie–. Leen todas las cartas y, si hay algo que no quieren que sepamos, lo tachan. No quieren que sepamos la verdad. Les da miedo.»

El tono de las cartas de Georgie cambió con el tiempo. Durante la instrucción en Aldershot solía hablarles de las bromas pesadas que se gastaban en el cuartel y de los problemas que siempre tenían con el sargento Clayton. Parecía un campamento de vacaciones más que ninguna otra cosa. Pero cuando se fue a Francia, todo cambió. Dejó de hablar de los soldados que servían con él y pasó a hacerlo únicamente de sí mismo, de cómo se sentía.

> Esto es espantoso [escribió]. Nos pasamos días cavando trincheras de más de dos metros de hondo y, después, antes de que se derrumben, tenemos que reforzar los lados con madera. Dicen que los alemanes utilizan acero en las suyas. Siempre que llueve, el agua se lleva los lados de las trincheras y tenemos que achicarla con lo que podemos. A veces utilizo el casco, pero no debería hacerlo, porque ésa es la forma más rápida de que te metan una bala en la cabeza. Hay ratas por todas partes. Y peor. Podría convivir con las ratas. No sé qué son la mitad de estos bichos. No sé por qué he venido aquí. Dios mío, qué gran error.

Margie no dejó que Alfie leyera aquella carta. Pero él sabía que había llegado porque la había visto sobre el felpudo, con el sello del Ministerio de Guerra bien visible en el sobre.

–Es una carta íntima –le explicó su madre después de leerla en el sillón roto de la chimenea–. La ha escrito sólo para mí. Pero dice que te quiere y que piensa en ti a todas horas.

–Léela en voz alta –dijo Alfie.

–No.

–¡Léela en voz alta!

–¡He dicho que no! –gritó Margie.

Se levantó con tanta brusquedad que Alfie se apartó de un brinco, sorprendido. Su madre lo miró de hito en hito, pareció a punto de deshacerse en lágrimas y salió corriendo del salón.

Margie no puso aquella carta entre las páginas de la Biblia sino que la escondió debajo del colchón, pero Alfie conocía todos sus escondrijos y esperó a que se fuera a trabajar para leerla. La leyó cinco veces y fue poniéndose cada vez más triste.

A partir de entonces, Margie ya no le dejó leer ninguna carta más, pero siguió escondiéndolas en el mismo sitio, de modo que él siempre sabía dónde encontrarlas y dónde volver a dejarlas cuando ella lo llamaba desde abajo.

> Dios mío, Margie, ¿qué estoy haciendo aquí? Esto es espantoso. Y he hecho cosas terribles. A veces no puedo vivir con mi conciencia. Pienso en ti y...

–¡Alfie, ya estoy en casa! ¿Estás arriba? ¡Baja a contarme qué tal te ha ido el día!

> Dicen que estamos más cerca del ejército belga, pero cuesta creer que estemos cerca de nada. Cavamos más trincheras y

dejamos que las viejas se derrumben. Luego esperamos a que anochezca, y el cabo Moody nos organiza para lanzarnos al ataque. Salimos diez. Otros diez esperan subidos a la escalera. Y hay diez más en el suelo de la trinchera. No sirve de nada protestar. A veces pienso que sería más fácil si...

–¡Alfie! Abre la puerta, ¿quieres? ¡Si es el lechero, dile que le pagaré la semana que viene!

Anoche tuve que hacer de camillero, cariño. Por plantarle cara al sargento. Para mí que ese tío no está bien de la cabeza. Recogí seis cadáveres; daba horror mirarlos. Pero sobreviví. Sólo uno de cada cinco camilleros acaba la noche con vida. Suelen mandar a los objetores de conciencia, no a nosotros. Recogí a un hombre, Margie, y lo puse con los demás cadáveres. Estaban amontonados como sacos de basura. Sólo cuando me iba vi que tenía un ojo abierto. Casi grité de...

–¡Alfie! La cena está lista. ¿Dónde estás? ¿Estás arriba? ¡Que no se te enfríe!

Esto es un caos, Margie. Ocho batallones, todos mezclados. Algo pasó hace unos días, un asunto feo en una de las trincheras alemanas. Algunos de los nuestros la capturaron y dejamos a cuatro soldados para que la protegieran. Cuando volvimos, nos enteramos de que habían matado a tiros a un chico alemán que aún estaba vivo. Y ahora todo el mundo se pelea por si ha estado bien o mal. Un soldado dice que es una vergüenza y quiere que el sargento tome medidas. Los demás dicen que no importa, que esto pasa continuamente, así que ¿dónde está la diferencia? No sé. A mí me parece que, si estaba solo y desarmado, tendrían que haberlo hecho prisionero. Hay reglas, ¿no?, y...

–¡Alfie!

Georgie había dejado de escribir hacía un año. O eso, o Margie había encontrado otro escondrijo para sus cartas, aunque Alfie no lo creía, porque había buscado en todas partes. La última carta que ella había escondido debajo del colchón era la más desconcertante de todas. Alfie la había leído tantas veces que podía recitarla de memoria, pero pese a ello, ninguna de las palabras o frases tenía mucho sentido para él.

> ... voy a salir nunca de aquí, ¿verdad? Están por todas partes. Comiendo a mis pies. Me duelen las piernas. El tonto de Daly no ha tapado las lecheras, y los pájaros han estropeado la leche. Basta ya, basta ya. Ésta ya te la sabes, ¿verdad, Margie?, si tú fueras la única chica del mundo y yo fuera el único chico. ¿Cuántos tiene ya, ocho? Debe de estar muy mayor. No lo reconocería. Le disparamos, ¿verdad? Porque protestaba por todo. Yo no quería tener nada que ver, pero el sargento dijo que no tenía elección o que también me harían un consejo de guerra. ¡La cara de Sadler después! Me hizo reír, de veras. Ninguna otra cosa importaría hoy en el mundo. Quedaos en la trinchera y luego corred; es lo que dice siempre. Quedaos en la trinchera y luego corred. No tiene sentido. Podríamos seguir amándonos igual que siempre. No puedo dormir, ¿verdad? Todo es cul-

pa tuya, todo, maldita sea. No se me pasa el dolor de cabeza. ¿Qué era lo que Wells cantó anoche? Si tú fueras el único alemán de la trinchera y yo tuviera la única bomba. Ayúdame, Margie, por favor. Ayúdame. Dijeron que se habría acabado antes de Navidad. Sólo que no dijeron qué Navidad. Mire donde mire, lo único que veo es...

Y después ya no llegó ninguna otra carta, y sólo hubo silencio.

Margie había preparado una tarta para celebrar el día que Alfie cumplía nueve años. Él no sabía de dónde había sacado la harina ni la nata, pero de algún modo se había hecho con ellas. Había oído decir que la señora Bessworth, de la tienda de la esquina, tenía contactos en el mercado negro. La abuela Summerfield fue a cenar, y también acudió el Viejo Bill Hemperton, igual que había hecho hacía cuatro años cuando estalló la guerra. Por supuesto, Kalena y el señor Janáček faltaron. Nadie parecía estar de humor para celebrar nada. Cuando Alfie leyó su felicitación, ponía: «¡Feliz cumpleaños, Alfie! Te queremos, mamá y papá». Joe Patience dejó cien gramos de caramelos de manzana en el buzón, y nadie supo de dónde los había sacado; la abuela Summerfield ordenó a Alfie que los tirara a la basura, pero Margie insistió en que se los quedara.

–¿Qué haces? –preguntó Alfie a su madre cuando se quedaron solos esa noche.

Margie estaba sentada junto a la luz de gas con una

cesta llena de ropa y tenía una camisa cerca de la cara por la que iba pasando la aguja.

–¿Qué te parece que hago? Coso.

–¿De quién es la ropa?

–Nuestra no, eso seguro. ¿Has visto la calidad que tiene? –Alzó la camisa para que Alfie la tocara, pero él negó con la cabeza.

–¿De quién es la ropa? –repitió.

–Oh, no la conoces –respondió ella–. Se llama señora Emberg. Es amiga de la señora Gawdley-Smith. Muy rica. Ha dicho que me dará un chelín por cada cesta. Cada penique cuenta, Alfie.

–Así que trabajas de enfermera día y noche, lavas ropa y ahora también coses para una señora rica –dijo Alfie.

–Oh, Alfie...

–Mamá, ¿dónde está papá?

A Margie se le cayó la aguja al suelo, donde rebotó en la mampostería de la chimenea sin hacer apenas ruido. Aquella noche no trabajaba en el hospital; le había cambiado el turno a otra enfermera porque era el cumpleaños de Alfie.

–Ya sabes dónde está –contestó–. ¿Por qué te empeñas en hacerme una pregunta tan absurda?

–Esta vez dime la verdad.

Margie no dijo nada durante un rato, pero recogió la aguja del suelo y le enseñó la camisa a medio coser.

–Tengo que terminar seis como ésta para finales de mes –explicó, y movió la cabeza–. Esto no está mal, ¿no? Te he dicho que siempre he querido encontrar algo que se me diera bien. A lo mejor es esto. Estoy haciendo una carrera con la abuela Summerfield, ¿sabes? ¡El mes pasado tejió treinta pares de calcetines! Eso es un par al día. ¡Y con la mala vista que tiene! A veces me pregunto si sólo lo aparenta para impresionar.

–¡Mamá! –exclamó Alfie, y le tiró de la manga–. ¿Dónde está papá?

–Lejos, en la guerra –espetó ella. Lo miró y habló con frialdad–. En esta maldita guerra.

–Ya no escribe nunca.

–En este momento no puede.

–¿Por qué?

–Porque está combatiendo.

–Entonces ¿cómo lo sabemos?

–¿Cómo sabemos qué?

–¿Cómo sabemos que está bien?

–Claro que está bien, Alfie. ¿Por qué no iba a estarlo?

–Puede que esté muerto.

Y entonces ocurrió algo terrible. Margie tiró la camisa al suelo, se levantó de golpe y propinó una fuerte bofetada a Alfie. Él pestañeó, sorprendido. Ni Georgie ni Margie le habían pegado jamás, ni tan siquiera cuando era muy pequeño y se portaba mal. Se llevó una mano a la mejilla y se la notó dolorida, pero no dijo una palabra. No le había sucedido nada igual desde que el monstruo del señor Grace le había dado seis palmetazos en la mano con Excalibur con tanta fruición que las venas moradas de su nariz de borracho se le habían hinchado.

Al cabo de un momento, Margie se deshizo en lágrimas. Lo estrechó entre sus brazos, y él notó su cara mojada en el hombro.

–Oh, Alfie –dijo–. Perdona, cariño. Ha sido sin querer. Me he disgustado, nada más. Ha sido sin querer, de veras.

–¿Dónde está papá? –volvió a preguntar Alfie.

Margie se separó de él, lo cogió por los hombros y lo miró a los ojos. Las llamas del hogar se reflejaron en los regueros que las lágrimas le habían dejado en las mejillas.

–¿Qué? –preguntó.

–Quiero saber dónde está papá –respondió él–. Quiero saber por qué lleva casi un año sin escribir.

–Claro que ha escrito –dijo Margie, nerviosa.

–Entonces ¿dónde están las cartas? Las guardabas debajo del colchón, pero no ha llegado ninguna desde...

–¡¿Qué haces mirando debajo de mi colchón?! –gritó Margie–. ¿Hurgando en mis cosas? Sinceramente, Alfie, tendría que...

–Si ha escrito, ¿dónde están las cartas?

Margie se encogió de hombros y dio la impresión de que intentaba pensar en una buena respuesta.

–No lo sé –dijo al final–. Debo de haberlas perdido. Debo de haberlas tirado.

–¡No te creo! –gritó Alfie–. Tú no harías eso. Sé que no lo harías. ¡Dime la verdad! Siempre me hablas de una misión secreta, pero nunca me dices nada más.

Margie se enjugó la cara y volvió a sentarse.

–Está bien –dijo por fin–. Ya no está en el frente, tienes razón. Pero no tiene tiempo de escribir. Un hombre del Ministerio de Guerra vino a verme. Me dijo que tu padre era uno de los soldados más valientes que habían visto y que le habían dado nuevas órdenes. Está haciendo todo lo posible para que la guerra se acabe.

–¿Qué tipo de misión es? –preguntó Alfie.

–No me lo dijo –respondió Margie–. Pero estoy segura de que es muy importante. De todas formas, la cuestión es que, mientras no se acabe, tu padre no puede escribirnos.

Alfie lo pensó.

–¿Cuándo vino a verte? –preguntó.

–¿Quién?

–El hombre del Ministerio de Guerra.

Margie infló un poco los carrillos y apartó la mirada.

–Oh, no me acuerdo –contestó–. Fue hace meses.

–¿Y cómo se llamaba?

–Tampoco me acuerdo. Pero ¿qué más da?

–¿Por qué no me dijiste que había venido?

–Porque no quería preocuparte. Sé lo listo que eres, Alfie, pero sólo tienes nueve años. Y entonces sólo tenías ocho. Hay cosas que...

–¿Se lo contaste a la abuela Summerfield?

–No, claro que no.

–Pero ella es una persona mayor.

Margie pareció apabullada. Se levantó y negó con la cabeza.

–Alfie, no voy a seguir hablando de esto. Me has preguntado dónde está tu padre, y te lo acabo de decir. Está en una misión secreta. ¿Podemos dejarlo ya, por favor?

Alfie no siguió insistiendo. Era inútil hacer más preguntas, porque estaba completamente seguro de que su madre jamás le diría la verdad. No habían recibido ninguna visita de ningún hombre del Ministerio de Guerra; puede que hubiera muchas misiones secretas en marcha, pero su padre no formaba parte de ninguna y, dondequiera que estuviera, Margie lo sabía pero no estaba dispuesta a decírselo. No obstante, Alfie estaba seguro de que al final lo averiguaría si lograba encajar toda las piezas una a una.

Pero desde entonces apenas había avanzado en sus pesquisas. No habían llegado más cartas y, siempre que sorprendía a su madre y a la abuela Summerfield charlando animadamente, ellas cambiaban de tema y se ponían a hablar del tiempo y de lo difícil que era encontrar manzanas frescas.

De hecho, Alfie no estuvo más cerca de conocer el paradero de su padre hasta el día que le lustró los zapatos al médico militar en King's Cross y el viento dispersó sus papeles por toda la estación.

HOSPITAL DE EAST SUFFOLK E IPSWICH
Summerfield, George
Fec. nac.: 3/5/1887
N.º de identificación: 14.278

Y ése fue el momento en el que Alfie supo que algunas de sus sospechas eran ciertas y otras no. Su padre no estaba en una misión secreta. Pero tampoco estaba muerto. Ni tan siquiera estaba ya en Francia.

Estaba en Inglaterra.

En un hospital.

7

Hola, ¿quién es tu amiga?

Margie se sorprendió de encontrar a Alfie sentado en la cama leyendo cuando abrió la puerta de su cuarto, pero él ya llevaba casi una hora despierto.

–¿Te encuentras bien? –le preguntó, y le tocó la frente por si tenía fiebre–. No te duele nada, ¿no?

–Me encuentro bien –respondió Alfie–. Sólo me he despertado temprano. Eso es todo.

–Pues no sabes cuánto me alegro. –Margie miró alrededor y olió el aire con el entrecejo fruncido–. ¿Por qué huele siempre a betún en tu cuarto? No tiene sentido cuando llevas los zapatos tan rozados. En fin, tienes el desayuno en la mesa. Luego compraré un poco de pollo para la cena. Me han hablado de un carnicero de Pentonville Road que puede que hoy tenga. O eso se rumorea. Es el hermano de una enfermera de cirugía y ha prometido que nos guardaría un poco.

–¿Pollo? –preguntó Alfie sorprendido, con una ceja enarcada–. ¿No es muy caro?

–Esta mañana había un poco más de dinero en mi monedero de lo que esperaba –respondió Margie, y le guiñó el ojo–. Es curioso que siempre me pase eso. ¿Sabes que esta semana he podido pagar casi todos los recibos y el alquiler? Y la buena noticia es que esta noche no trabajo, así que podemos quedarnos en casa solos los dos y cenar juntos.

Alfie frunció el entrecejo. Cualquier otro día la noticia le habría alegrado, pero ese día no estaba seguro de que le conviniera. Después de todo, no sabía a qué hora regresaría. Tenía planes. Planes importantes. Su propia misión secreta.

–Ah –dijo, y miró a otro lado para que Margie no se diera cuenta de que mentía–, pero le he dicho a la abuela que iría a cenar con ella.

–No me ha comentado nada.

–A lo mejor se le ha olvidado avisarte. Igual que se le olvidó decirte que le gustaba el vestido nuevo que llevabas la semana pasada.

–Eso no fue un olvido –arguyó Margie, y puso los ojos en blanco–. Dijo que no debería aceptar caridad de la señora Gawdley-Smith, pero si ella iba a tirarlo y no le parecía mal que me lo quedara, ¿por qué no iba a aprovecharlo? No puedo ir siempre con la ropa remendada, ¿no? Además, a buena hambre no hay pan duro.

–Nosotros no pasamos hambre.

–Eso es lo que dijo tu abuela. Pero todavía estamos a un paso de la indigencia, Alfie. Estamos a sólo un paso. –A Margie parecía encantarle aquella frase–. En fin, ¿no puedes decirle que irás otro día? Casi nunca estoy en casa por las tardes.

–Se lo preguntaré –convino Alfie. Después se destapó y bajó de la cama–. Pero si no estoy en casa cuando llegues, significará que se ha disgustado y he tenido que quedarme.

–De acuerdo –dijo Margie–. Haz lo que puedas y, con un poco de suerte, luego te veo.

Margie salió de la habitación, y Alfie la oyó barrer el recibidor antes de marcharse a trabajar. Se sentía un poco culpable por darle aquel disgusto, pero era por una buena razón; de eso estaba seguro. Salió de su cuarto como una flecha, corrió al retrete del final del jardín, volvió a entrar en casa antes de que los dedos de las manos y los pies se le cayeran congelados y regresó a su cuarto, donde cogió la bolsa de monedas que guardaba en el fondo del cajón de los calcetines y la vació en las sábanas.

Contó el dinero. Había empezado a ahorrar desde su primer día de limpiabotas y tenía casi ocho chelines. ¡Ocho chelines! Nunca había contado el dinero porque le preocupaba perder el control y gastárselo todo si sabía cuánto había. Pero siempre había tenido la sensación de que habría un día que lo necesitaría; sólo que no sabía cuándo sería ni por qué. Y ahora, por fin, el día había llegado.

Abajo se tomó el desayuno, se lavó a toda prisa en el fregadero y se aseguró de ir bien peinado. Era menos probable que alguien lo parara si parecía un niño de buena familia. Satisfecho, se puso los zapatos, se metió un puñado de monedas en el bolsillo y salió de casa.

Mientras andaba por Damley Road, vio que Joe Patience estaba fumándose un cigarrillo en la puerta de su casa justo cuando un furgón militar dobló la esquina. Se quedó petrificado. Lanzó una mirada a Joe, quien lo miró con expresión ausente, pero luego, como Alfie, se fijó en el furgón, que comenzó a aminorar la marcha mientras todas las cortinas de la calle empezaban a separarse. Poco después, las puertas se abrieron una a una y las mujeres salieron a la calle, donde se miraron aterradas, blancas como el papel. Joe se refugió en su recibidor, sin cerrar la puerta, pero fuera de la vista de sus vecinas.

«Que no sea yo», pensaban todas.

«Por favor, Dios mío, que no sea yo.»

«Hoy no.»

El furgón se detuvo delante de la casa de Alfie. Bajaron la ventanilla, y un oficial lo miró de hito en hito mientras él se pegaba a la pared.

–¿Es esto Damley Avenue? –le preguntó, y Alfie suspiró aliviado. Sólo quería indicaciones.

–Damley Road –respondió, y la voz se le entrecortó un poco.

–¿Cómo dices, hijo?

–Damley Road –repitió–. Para ir a la avenida, tienen que llegar al final de la calle, luego girar a la izquierda y, después, doblar por la primera a la derecha. No tiene pérdida.

El hombre asintió, volvió a subir la ventanilla y el furgón se alejó mientras las mujeres regresaban a sus casas. Alfie y Joe Patience, de nuevo solos en la calle, se miraron.

–Hemos salvado el pellejo –dijo Joe, con una sonrisa que no tenía nada de sonrisa. Alfie advirtió que le faltaba un diente delantero y tenía un ojo morado; aunque, más que morado, era verde y amarillo–. ¿Todo bien, Alfie? –preguntó.

–Sí, todo bien.

–Quieres saberlo, ¿verdad? Quieres saber qué me han hecho. La culpa es mía, por abrir la puerta cuando ya es de noche.

Alfie lo miró. No sabía a qué se refería, pero no tenía tiempo de averiguarlo. Tenía que hacer muchas cosas ese día. Negó rápidamente con la cabeza y puso rumbo a la estación de King's Cross.

Anduvo más deprisa de lo habitual porque no llevaba la caja de limpiabotas, que siempre parecía volverse más pesada a medio camino de la estación, y cuando llegó lanzó una mirada al lugar donde siempre se instalaba. No había nadie, pero el señor Podgett, el banquero cuyo hijo, Billy, deseaba que la guerra no se acabara nunca, estaba cerca, mirando alrededor y consultando su reloj. Debía de querer lustrarse los zapatos, pero poco después desistió y se perdió entre la multitud. Alfie se dirigió resueltamente a la taquilla, a la que no llegaba, y esperó su turno.

–¿Cuánto vale un billete a Suffolk? –preguntó, sin ver a la persona que había detrás.

–¿Quién es? –dijo una voz de mujer, y él repitió la pregunta.

–El crío quiere saber cuánto vale un billete a Suffolk –dijo el hombre que hacía cola detrás de él–. Es demasiado bajo para verla, ¿sabe?

–Tres peniques el billete de ida; cinco, el de ida y vuelta, que sirve para todo el día –respondió la voz sin cuerpo.

Alfie metió la mano en el bolsillo, sacó con cuidado un penique, dos monedas de medio penique y doce de un cuarto de penique y alzó la mano para dejar el dinero.

–Por todos los santos –exclamó la voz de mujer.

Aun así cogió las monedas, y Alfie oyó una máquina poniéndose en marcha; al cabo de un momento, un billete cayó en la ranura, y él lo cogió.

–A ver si creces, hijo –dijo el hombre que iba detrás cuando él comenzó a alejarse–. Todo es mucho más fácil.

Alfie tuvo ganas de sacarle la lengua, pero decidió no hacerlo; eso lo hacían los niños, y ese día él no era un niño, sino un adulto. Por el hecho de que iba a hacer una cosa muy adulta.

Miró el panel de la estación, pero no vio ningún tren con destino a Suffolk. Sin embargo, vio uno que iba a Ipswich y salía de la vía dos al cabo de cinco minutos. Se dirigió al andén y se quedó mirando el tren, sin estar seguro de si debía o no arriesgarse a subir. Pero el hospital, en definitiva, se llamaba hospital de Suffolk e Ipswich.

–¿Subes o bajas? –le preguntó un jefe de tren después de darle un golpecito en hombro. Consultó su reloj–. Date prisa, chaval. Sale en un par de minutos.

–Subo –respondió Alfie, y se arriesgó a montar.

Era la primera vez que se subía a un tren y, pese a la importancia de su misión, su misión secreta, no pudo evitar sentirse un poco emocionado por estar en un compartimento esperando a que el jefe de tren tocara el silbato y el tren empezara a moverse. Recordó que su padre le había explicado que había querido ser maquinista antes de trabajar en la vaquería, y se preguntó si las cosas podrían haber sido distintas. Un día había leído en el periódico que algunas de las personas que trabajan en «servicios básicos» podían librarse del reclutamiento obligatorio si prestaban «un valioso apoyo en el frente civil», y él sabía que los maquinistas y los jefes de tren pertenecían a esa afortunada élite. Pero entonces recordó que, de todos modos, su padre no había sido reclutado; se había alistado como voluntario, así que, en definitiva, habría sido todo bastante parecido.

Unos minutos después el tren comenzó a moverse y Alfie se puso a mirar por la ventanilla conforme ganaba velocidad y avanzaba por los rieles. Era, decidió, lo más emocionante que le había sucedido... nunca, en toda su vida. Pasó mucho rato mirando el paisaje, hasta que el cuello comenzó a dolerle y se volvió. Fue entonces cuando vio a la mujer joven que viajaba en el compartimento con él. Estaba sentada enfrente, pero no junto a la ventanilla, y leía un libro titulado *Los portentos de la mente humana*, escrito por el doctor F. R. Hutchison. Alfie no estaba seguro de qué significaba la segunda palabra del título y la leyó en voz baja. Un momento después, la joven se volvió y lo miró de hito en hito.

–¿Te encuentras bien? –preguntó.

–Sí, gracias –respondió Alfie, azorado.

Le rehuyó la mirada y se puso a mirar otra vez por la ventanilla. Notó sus ojos atravesándolo.

–¿Te has traído algo para leer o vas a pasarte todo el viaje mirando mi libro?

Alfie no dijo nada. Ojalá se hubiera llevado el libro de *Robinson Crusoe*.

–¿Viajas solo? –añadió la joven al cabo de un rato.

Alfie la miró, tragó saliva con nerviosismo y asintió.

–Increíble –manifestó ella–. Pero ¿cuántos años tienes, diez?

–Nueve –respondió Alfie, más halagado de lo que jamás habría podido imaginar. ¡Le había echado diez años! Aquello era un éxito rotundo.

–Y dejan que los niños de nueve años viajen solos en tren, ¿no? Esto no habría pasado cuando yo era pequeña, si te digo la verdad. Recuerdo que mi hermano Will se escapó un día en un tren y... –Se interrumpió y se encogió de hombros–. Sí, bueno –añadió–. Fue hace mucho tiempo. Seguro que no te apetece que te lo cuente.

–¿Cuántos años tenía? –preguntó Alfie.

–¿Cuántos años tenía quién?

–Su hermano. Cuando cogió el tren solo.

–Unos años más que tú, si no recuerdo mal. Catorce o quince, diría yo. Se le ocurrió ir a pasar el día a Londres. Volvió a casa borracho y apestando a perfume de mujer. Se armó la gorda. Lo recuerdo sentado en el sillón de mi padre mientras mis padres le leían la cartilla, incapaz de hacer nada aparte de reírse como un tonto. Pensé que era la cosa más graciosa que había visto en mi vida.

La joven se rió y apartó la vista, absorta en sus pensamientos, antes de abrir mucho los ojos, parpadear frenéticamente unas cuantas veces y volver a mirarlo, sonriente.

–Imagino que tu plan no es ése, ¿verdad? –preguntó–. Eres demasiado pequeño para esa clase de depravación. Por cierto, ¿cómo te llamas?

–Alfie Summerfield –respondió Alfie.

–Yo me llamo Marian Bancroft –dijo la joven–. Puedes llamarme Marian si quieres. No me van los formalismos. O señorita Bancroft, si así te sientes más cómodo. Encantada. –Alargó la mano, y Alfie se quedó mirándola, sin estar seguro de qué debía hacer–. ¿Nunca te han dicho que es de mala educación no estrechar una mano cuando te la ofrecen?

Alfie alargó la mano y se la estrechó. Ningún adulto le había pedido eso nunca pero, naturalmente, lo había visto hacer mil veces.

–Muy bien –dijo ella, y asintió en señal de aprobación–. Por cierto, ¿adónde vas?

–A Suffolk –respondió él.

–Sabes que este tren va a Ipswich, ¿verdad? Pero es tan lento que me habré hecho vieja antes de que llegue. Por supuesto, era más fácil cuando el tren salía de Liverpool Street, pero desde los bombardeos lo han desviado todo y es imposible saber dónde tienes que ir para coger el tren que quieres. No hacen más que cambiarlo todo, y los empleados son unos inútiles. Es peor que hablar con una pared. ¿Sabes que hoy ya he estado en las estaciones de Paddington y Victoria antes de descubrir que tendría que estar en King's Cross? Aun así, supongo que no deberíamos quejarnos. Aquello fue espantoso.

Alfie asintió. Recordaba haberlo leído en el periódico el año anterior. Un escuadrón de aviones alemanes Gotha había bombardeado la estación de Liverpool Street y había matado y herido a gran número de civiles. La madre de un compañero de clase había muerto en el bombardeo, así como el hermano del director, Maxwell. Ciento sesenta y dos víctimas mortales. Más de cuatrocientos heridos. «Más nombres y números», pensó Alfie.

–¿Te apetece un caramelo? –preguntó Marian. Metió la mano en el bolso, sacó una bolsita blanca de papel llena de caramelos de manzana y se la pasó. Estaban todos pegados, y Alfie tuvo que tirar de dos para separarlos–. Quédate los dos –dijo ella, con un gesto de la mano–. Quédate tres. Quédatelos todos, si quieres. Yo ya he comido demasiados. Por otro lado, soy adicta a ellos. Me convertiré en caramelo de manzana si no tengo cuidado. Creo que debo de ser la única persona de Inglaterra que está engordando durante la guerra. Todas las demás parecen tremendamente desnutridas.

Alfie cogió dos caramelos, se metió uno en la boca y se guardó el otro en el bolsillo para después.

–Ahí se te llenará de pelusa –dijo Marian con el entrecejo fruncido–. Tendrás que lavarlo antes de comértelo o cogerás algo.

Alfie asintió. Cuando el señor Janáček aún tenía su tienda de golosinas, Georgie solía comprarle cien gramos de caramelos de manzana todos los sábados por la mañana cuando iba a buscar el periódico. Regresaba con el periódico doblado por la mitad, y Alfie aguardaba con una sonrisa de oreja a oreja hasta que él lo desdoblaba: «Mira qué te he traído», decía, y le enseñaba el paquete que había dentro.

–Claro que Ipswich está muy cerca de Suffolk –continuó Marian–, así que, al final, es probable que sí estés yendo en el tren correcto. ¿Has hablado con el jefe de tren?

–Sí –respondió Alfie.

–¿Le has dicho adónde querías ir?

–No.

–Pues ahí es donde te has equivocado, ¿sabes? No te subas nunca a un tren a menos que estés totalmente seguro de que va a donde tú quieres. Yendo por libre, puedes acabar en Edimburgo cuando querías ir a Cornualles. ¿Está rico el caramelo? Porque haces un ruido tremendo. Aprende a chupar sin hacer un ruido tan espantoso: tus compañeros de viaje te lo agradecerán.

Alfie no estaba seguro de cómo hacer menos ruido al chupar y se tragó el caramelo entero. Con ello hizo un ruido espantoso al engullirlo, y Marian lo miró con los ojos entrecerrados como si se estuviera planteando cambiarse de compartimento (lo cual Alfie esperaba que hiciera).

–¿Y qué hay en Suffolk? –preguntó ella–. ¿Tienes una novia allí?

–No –respondió Alfie, y se puso coloradísimo.

–Es broma. En mi opinión, los novios sólo traen problemas. El mío me ha dejado, pero no te apetece que te lo cuente, ¿verdad? Dime, ¿qué te lleva allí?

Alfie reflexionó un momento. No tenía intención de revelar su misión secreta a nadie; ni a Margie ni al Viejo Bill Hemperton, ni a la abuela Summerfield ni a Joe Patience. Pero pensó que no perdía nada hablando de ella a una desconocida, sobre todo cuando parecía estar enteradísima de todo.

–Al hospital de East Suffolk e Ipswich –respondió en voz baja.

–Vaya –dijo Marian sorprendida, con los ojos como platos–. ¿El East Suffolk? ¡Es a donde voy yo! ¡Qué coincidencia! O quizá no lo sea, dado que es obvio que vamos en la misma dirección. Pero ¿por qué demonios va al East Suffolk un crío de tu edad?

–Sólo voy de visita –respondió Alfie.

–¿De visita? Un sitio bien raro para ir de visita, pero de acuerdo, no haré preguntas. Cuéntame lo que quieras, cállate el resto. Me da bastante igual. Yo tengo que ir a una conferencia, aunque parezca mentira. Una pesadez. Pero interesantísima, claro –añadió, una contradicción a la que Alfie no encontró mucho sentido.

–¿Qué clase de conferencia?

Marian se encogió de hombros, sacó un paquete de cigarrillos del bolso, cogió uno y lo encendió con un rápido movimiento del pulgar y la muñeca. Cuando el humo formó una nube, lo disipó con la otra mano.

–El tabaco es fatal –dijo–. Ni se te ocurra probarlo. Se apodera de tu alma. ¿Mi conferencia te interesa de verdad o sólo estás siendo educado?

–Sólo estoy siendo educado –respondió Alfie.

–Ah, bien. Pues te lo voy a explicar igualmente, ya que me has preguntado. Trabajo con soldados que han vuelto del frente. Sabes qué es el frente, ¿verdad? Todo el mundo lo sabe, supongo. Habría que vivir debajo de una piedra para no saberlo. En fin. Algunos vuelven muy mal. Y nosotros hacemos todo lo posible por ayudarles. Estoy haciendo una especie de triángulo, si eso tiene sentido. Vivo en Norwich, ayer cogí el tren a Londres para visitar a una amiga, una chica increíble que fue conmigo al colegio y que ahora es una importante portavoz del movimiento sufragista. ¿Has oído hablar del movimiento sufragista? ¿No? Supongo que eres demasiado pequeño, pero si alguien te pregunta, estás a favor, ¿vale? En fin, cogí el tren a Londres y ahora voy a Ipswich para asistir a la conferencia. La da un doctor del hospital de Manchester. Nos dio una hace dos meses, y la mitad de los hombres que fueron se quedaron dormidos. Las mujeres, no. Nosotras prestamos atención,

¿sabes? ¿De qué sirve ir y no escuchar? Y esta noche vuelvo a Norwich. Mi padre es el vicario. No te rías.

Alfie negó con la cabeza. No tenía la menor idea de por qué pensaba Marian que podía reírse. No había dicho nada gracioso.

–Puedo llevarte hasta el hospital si quieres –continuó ella–. Me refiero a cuando lleguemos. No está lejos de la estación, pero si no sabes el camino es fácil que te pierdas. Y no quiero que me remuerda la conciencia por haber dejado a un niño de diez años vagando por las calles sin saber adónde va.

–Tengo nueve –dijo Alfie por segunda vez.

–Bueno, supongo que pronto cumplirás diez. Los críos de nueve años suelen cumplir diez antes o después. Son los críos de diecinueve los que tienen dificultad para cumplir veinte. –Volvió la cabeza y estuvo un rato mirando por la ventanilla, pestañeando como una posesa. Luego cerró los ojos y respiró ruidosamente por la nariz. Por último lo miró e hizo un amago de sonrisa–. En fin, que si te pierdes en Ipswich, a lo mejor cumples diez antes de encontrar el camino a casa. Así que ¿estamos de acuerdo? ¿Me dejarás que te enseñe el camino?

Alfie hizo un gesto afirmativo con la cabeza. Marian lo había dejado exhausto con su modo de hablar y pensó que era un buen momento para echar una cabezada. Se recostó en el asiento y volvió la cabeza para mirar los campos.

–Oh, ya hemos acabado de hablar, ¿no? –preguntó Marian, y Alfie la miró, pero ella negó con la cabeza–. Es broma. Adelante. Mira el paisaje. No tengo ningún problema en quedarme sola con el doctor F. R. Hutchison. Si te duermes, te despertaré cuando lleguemos. Faltan dos horas. Es probable que más. Los trenes tardan una eternidad últimamente. No tienes que preocuparte por nada.

Alfie asintió, se recostó y cerró los ojos. En realidad no tenía ganas de dormir, pero pensaba que, si seguía oyendo hablar a aquella joven durante mucho más tiempo, corría el peligro de desquiciarse un poco. Jamás había oído a nadie que hablara tan deprisa ni que tuviera tanto que decir. Se le escapó un bostezo y estaba pensando que un sueñecito podría irle muy bien cuando se le ocurrió una idea. Volvió a abrir los ojos y puso la espalda recta.

–El hospital al que vamos –preguntó–, ¿qué clase de hospital es, por cierto?

–Pues uno para gente enferma, claro está –respondió Marian.

–Sí, pero ¿qué clase de enfermos?

–Soldados. Los que han sobrevivido pero no lo están llevando nada bien, si eso tiene sentido. Hay un término que lo define. De eso trata mi conferencia, por cierto. Es algo horrible, pero se ha vuelto tremendamente corriente. Aunque haya gente que siga negándose a creer lo que ve.

Alfie la miró. Casi le daba miedo preguntar.

–¿Qué es?

Marian Bancroft lo miró y sonrió. No fue una sonrisa alegre sino, más bien, la clase de sonrisa que acompaña a una mala noticia: una sonrisa que pretende tranquilizar.

–Neurosis de guerra –respondió.

8

¿Estamos descorazonados?

Ningún otro pasajero se apeó del tren en Ipswich, y Alfie miró alrededor, sorprendido por la estación, que no parecía en absoluto una estación; por lo pronto, no había sala de espera, taquillas ni limpiabotas esperando clientes. El tren simplemente se había detenido para que Marian y Alfie bajaran.

–Por supuesto, ésta no es la verdadera parada –dijo Marian al ver su expresión desconcertada–. Pero la mayoría de los trenes ya no paran en las verdaderas estaciones para que haya menos riesgo de bombardeo. Paran cerca o más o menos cerca, y hay que hacer el resto del camino a pie. Pero a nosotros nos viene bien, de hecho, porque el hospital no queda lejos de aquí.

–Pero ¿cómo sabe la gente dónde para el tren? –preguntó Alfie.

–Simplemente lo sabe –respondió Marian, y se encogió de hombros–. Se corre la voz. Y si alguien no lo sabe, tiene que seguir a pie hasta la siguiente parada, esté donde esté.

Una estrecha calle bordeada de setos los condujo a un cruce del que partían tres caminos sin ningún indicador que señalara por dónde debían ir.

–Los han quitado todos –explicó Marian–. Casi no queda ningún indicador en Inglaterra, ¿te has fijado? No queremos que ningún infiltrado sepa adónde va, ¿comprendes? Hay espías por todas partes, o eso nos dicen. Yo no estoy tan segura, pero nadie me hace caso. Suerte que tengo buen sentido de la orientación. A lo mejor fui un sabueso en otra vida.

Escogió el camino que tenían justo a la derecha y echó a andar a buen paso, sin dejar de hablar de esto y lo otro, mientras Alfie corría para no quedarse rezagado. Pero Marian tenía razón: el hospital no estaba lejos, y al cabo de cinco minutos las losas rotas rodeadas de hierbajos que pisaban dieron paso a una carretera más convencional y ante ellos, por fin, se erigió el hospital de East Suffolk e Ipswich.

Alfie se inquietó al ver los imponentes muros que circundaban los jardines, el largo camino que conducía al hospital y el propio edificio amarillo de ladrillo, tan grande que parecía un castillo.

–¿Te encuentras bien? –preguntó Marian.

–Sí.

–¿Seguro que quieres estar aquí? Dentro de un rato pasará otro tren que va a Londres, ¿sabes? Podrías volver al sitio del que venimos y ponerte a mover los brazos como loco cuando lo veas aparecer. Por ti seguro que pararía. Bueno, probablemente, al menos.

–Sí, seguro.

–Entonces ¿entramos juntos? –preguntó Marian–. No tiene sentido que nos quedemos aquí mirándolo como si fuera una postal.

–Creo que esperaré aquí un poco más –respondió Alfie. Pese a no querer quedarse solo, presentía que lo mejor sería que se separaran.

–Bobadas. ¡No puedo dejarte aquí solo! ¿Es que no vas a decirme a quién vienes a visitar? A lo mejor encontramos a una enfermera o alguna otra persona que puede ayudarte.

–Preferiría entrar solo –insistió Alfie–. Pero gracias.

Marian miró la hora.

–Bueno, si estás totalmente seguro... –dijo–. Es cosa tuya, por supuesto. Pero tendrás que volver solo a la estación. ¿Te acuerdas del camino? Entonces, vale.

Volvió a alargar la mano, y esa vez Alfie se la estrechó sin que ella tuviera que decírselo.

–Muy bien –dijo Marian.

Asintió con firmeza antes de dar media vuelta y alejarse a buen paso.

Alfie la miró durante un rato antes de arrimarse a uno de los postes del portón para que nadie lo viera si se asomaba a una ventana del hospital. No quería que nadie advirtiera su presencia por temor a que lo echaran, pese a no estar muy seguro de lo que iba a hacer. En realidad sólo había pensado en cómo llegar al hospital, pero después de eso... bueno, era imposible saberlo. Aunque lo cierto es que todo se reducía a una sola cosa: tenía que entrar.

Alfie echó a andar por el camino con la sensación de que llamaba mucho la atención; de hecho, era obvio que un niño que llegaba solo vestido con unos pantalones cortos, un jersey de lana y una gorra no era ni un médico ni un paciente ni un estudiante que asistía a la conferencia.

El camino, recto y en un estado impecable, conducía a la entrada del hospital y dividía por la mitad un vasto jardín. El césped estaba muy bien cuidado, aunque no se veía ni una sola flor en todo el recinto. En cambio, la hierba tenía el extraño aspecto a franjas que a menudo tienen los céspedes de las casas de campo, donde parece que una franja esté orientada en una dirección y la siguiente en la contraria.

Cuando llegó al final del camino, se detuvo delante de un imponente pórtico que conducía a dos puertas de madera de roble abiertas y se escondió detrás de una columna para pensar en su siguiente paso. Dos mujeres jóvenes salieron del edificio con unos uniformes que no se parecían en nada al de Margie (no eran tan serios, y las blusas no se les ceñían tanto al cuello) y se quedaron tomando el aire, fumando, sin percatarse de su presencia.

–¿Y dónde estaba el doctor Ridgewell mientras pasaba todo eso? –preguntó la primera chica.

–¿Dónde crees tú que estaba? –respondió la segunda–. Sentado en su despacho, con la cabeza gacha. Escurriendo el bulto.

–¿Y ni siquiera salió para hablar con ella?

–Al final no tuvo más remedio. Ella dijo que no pensaba irse hasta que él saliera, que le daba igual que llamaran a la policía. Cuando por fin salió, ¡tendrías que haberle visto la cara! ¡Estaba furioso! «¿Por qué arma tanto jaleo?», le preguntó.

–¿Y qué dijo ella?

–«Por la mejor razón del mundo. Por amor.»

Alfie se tapó la boca para ahogar un grito de sorpresa.

Era la misma expresión que el señor Janáček siempre utilizaba cuando explicaba por qué había dejado Praga para irse a vivir a Londres.

–Pobre mujer –dijo la primera enfermera. Suspiró y negó con la cabeza–. Lo adora, ¿verdad?

–Pues claro. Es su marido. Tú harías lo que fuera por tu Frank, ¿no?

–Probablemente sí. Aunque, oye, sé que queda muy mal decirlo, pero hay veces que agradezco que lo hirieran al principio. Así se ha librado de lo peor. Por supuesto, le deprime no poder seguir cumpliendo con su deber, pero yo le digo: «Frank, tendrías que ver cómo están los pobres muchachos del East Suffolk. Tendrías que darte con un canto en los dientes, Frank». No me muerdo la lengua, Elsie. A veces necesita que se lo diga.

–¿Cómo está de la pierna?

–No muy bien.

–¿Y de ánimos?

–Peor todavía.

Alfie rodeó las columnas con mucho sigilo para que no lo vieran y, después, mientras seguían de espaldas a él, entró corriendo en el vestíbulo, donde había una puerta doble de cristal detrás de la cual percibió movimiento en un pasillo. Otras tres enfermeras entraban y salían de habitaciones situadas a sendos lados del vestíbulo, y había una cuarta enfrascada en una conversación con un médico mucho mayor que tenía la barba cana y se parecía un poco a Papá Noel. Mientras estaban todos distraídos, Alfie abrió la puerta doble, echó a correr por el pasillo y se metió en la primera habitación del lado izquierdo.

Lo primero que le llamó la atención del hospital fue el olor. Una mezcla de productos de limpieza, sudor, sangre y quién sabía qué más. Algo fétido. Impregnaba el ambiente y le dio náuseas, pero se tapó la nariz hasta acostumbrarse a eso.

Miró alrededor y le pareció que estaba en una especie de despacho. Había una mesa en el centro y, sobre ella, unas cuantas tazas vacías y una tetera con una funda de punto. Colgado del respaldo de una silla había un delantal con un mapa de Irlanda y, debajo, las palabras «UN RECUERDO DE SKIBEREEN». Era una sala, decidió Alfie. No un despacho. Un sitio donde las enfermeras pasaban sus ratos de descanso. Oyó un ruido a su izquierda y, al volverse, vio una tetera puesta al fuego que había comenzado a echar vapor por el pitón. Cuando se puso a silbar, Alfie dio un grito ahogado, consciente de que sólo tenía unos segundos antes de que alguien apareciera y lo descubriera. Salió a toda prisa y se internó un poco más en el pasillo mientras trataba de ignorar el débil eco de gemidos que lo inundaba todo, un ruido que era difícil de descifrar; parecía que hubiera un centenar de personas sufriendo detrás de aquellas puertas. Entró en otra sala, esa vez del lado derecho del pasillo, justo cuando oyó pasos que corrían hacia la sala.

Cerró la puerta, se volvió con los ojos cerrados y exhaló, aliviado.

Cuando volvió a abrir los ojos, vio que estaba en una habitación. Había un hombre sentado en la cama más próxima a la ventana abierta, con el pijama desabrochado hasta la mitad del pecho. Tenía el pelo ralo y cano, aunque, por su cara, no parecía que fuera muy mayor. Miraba a Alfie con cara de terror, la boca desencajada y las manos en los oídos para acallar el silbido de la tetera, que se oía incluso allí. Alfie lo miró horrorizado, sin saber qué decir, y sólo cuando el silbido cesó un momento después el hombre se destapó los oídos despacio, muy despacio, y apoyó las manos sobre la manta. Se las observó durante un rato, con la boca aún abierta, antes de volver a mirar a Alfie. Temblaba ligeramente.

En la cama de enfrente había otro hombre leyendo una novela. Cuando llegaba al final de cada página, la arrancaba, la arrugaba y la tiraba al suelo, donde ya había montones de páginas. Alfie entrecerró los ojos para leer las palabras de la tapa. *Madame Bovary*.

–¿Dónde está mi madre? –preguntó el primer hombre, y Alfie se volvió hacia él y abrió la boca, sin estar seguro de qué decir–. ¿Está fuera? –añadió el paciente–. Dijo que vendría esta mañana.

–Creo que no –respondió Alfie–. No he visto a ningún visitante fuera.

–Eh, tú –dijo el segundo hombre, y levantó la mano como si fuera un niño en clase. Alzó el libro–. Tiene un amante, ¿sabes?

–Haz que pare, por favor –dijo el primer hombre. Se inclinó hacia delante y cerró los ojos.

–¿El qué?

–Su marido no lo sabe. –El segundo hombre se rió–. Aunque es francesa. Y ya sabes cómo son. Se abalanzan sobre lo que sea.

El primer hombre se inclinó bruscamente hacia delante, y Alfie se sobresaltó, abrió la puerta y echó a correr por el pasillo, el cual, después de girar, desembocó en un pabellón con dos hileras de cinco camas, todas ellas ocupadas. Los gemidos provenían de allí; todos los hombres parecían estar sufriendo terribles dolores. Algunos tenían la cabeza vendada; otros estaban conectados a tubos por los que les inyectaban o extraían oscura sangre roja. Con un nudo en el estómago, Alfie miró al hombre de la cama más próxima a él, que no estaba tapado con ninguna sábana, sino meramente tendido sobre el colchón, y se movía de forma casi imperceptible, como si no pudiera soportar seguir allí tendido durante mucho más tiempo. Alfie lo miró: había algo extraño en él, pero tardó un momento en saber qué era. Le faltaba el brazo izquierdo. Sólo tenía un muñón que terminaba por encima del codo, y le habían amputado la pierna derecha por la rodilla. Ambas heridas estaban a la vista, y había un carrito con vendas nuevas junto a la cama; alguien debía de estar curándolo y había tenido que ausentarse. ¿La persona que había ido a retirar la tetera del fuego, quizá? Alfie intentó no mirar las partes inflamadas y carnosas donde ambas extremidades terminaban de aquel modo tan antinatural, pero era difícil no hacerlo. Estaban suturadas de forma caótica y habían replegado la piel sobre sí misma en el centro, donde formaba un nudo arrugado que parecía sujeto por un clavo de color negro. El hombre tenía vendas amarillentas alrededor del cráneo y un parche en un ojo. Alfie lo miró horrorizado, y el hombre se volvió despacio, parpadeó con su único ojo, alargó el brazo y le cogió la mano. Alfie dio un grito ahogado e intentó soltarse, si bien el hombre, pese a sus heridas, era demasiado fuerte para Alfie y tiró de él, sin dejar de mascullar. Alfie se apoyó en el colchón con la otra mano para intentar apartarse, pero lo hizo sobre algo blando que se movía: una botella llena de un líquido amarillo oscuro que se volcó y se vació por completo en el suelo. Cuando logró soltarse, resbaló en el charco de líquido y, al caer, comprendió que era la orina del hombre. Sin apenas poder contener un grito, se levantó torpemente del suelo y salió del pabellón a todo correr.

Su padre no podía estar allí; no era posible. Nadie podía estar en un lugar como aquél sin volverse loco.

De nuevo en el pasillo, se detuvo a recobrar el aliento y, al mirarse las manos mojadas, creyó que iba a vomitar. Cuando se las secó en los pantalones, advirtió que también se le habían manchado de sangre, sangre de la orina del hombre. Dio media vuelta, desesperado por alejarse de aquellos horrores, y echó a andar por otro pasillo, confundido, desorientado, sin entender cómo se le podía haber ocurrido ir al hospital. Las piernas apenas le respondían, como le sucedía cuando soñaba que no podía correr y parecía que los pies le pesaran un quintal cada uno.

Confiaba en encontrar una puerta por la que pudiera salir del edificio; sin embargo, el pasillo conducía a un puesto de enfermeras y, más adelante, a otra puerta de cristal. Se moría por cruzarla, pero había dos personas junto al puesto, un médico joven y una enfermera, hablando con voz de preocupación. Si iba por ahí, seguro que lo veían. Se agachó delante del mostrador y se alegró de no haber llegado a la taquilla de King's Cross por ser demasiado bajo, porque aquel mostrador tenía una altura parecida.

–¿Cuáles? –preguntó el médico, que hablaba con mucha afectación–. ¿Los del pabellón B o los del C?

–Los del pabellón C –respondió la enfermera con un claro acento irlandés, y Alfie se preguntó si sería la dueña del paño con el mapa–. El doctor Edgerton dice que hay que evaluarlos a los cuatro esta semana.

–Pero ¿qué prisa hay? Les queda como mínimo otro mes para recuperarse.

–Los quieren de vuelta –dijo la enfermera y, pese a no verla, Alfie supo que se había encogido de hombros–. Es ridículo, por supuesto, pero no sé qué puedo hacer yo.

–Yo sí puedo hacer algo –declaró el médico, más enfadado.

–Pues hazlo, Arthur –dijo ella–. Esos hombres no van a aguantar otro mes ahí. Es un crimen mandarlos de vuelta. Dios mío, si al Ministerio de Guerra le da igual su bienestar, que al menos piense en los otros soldados cuyas vidas correrán peligro si van.

–A mí no tienes que convencerme –arguyó el médico con irritación–. Oye, déjalo de mi cuenta, ¿vale? Haré todo lo posible. Si tengo que armar jaleo, lo armaré. ¿Qué tal van los de la tercera planta? ¿Qué podemos hacer con...?

Y ése fue el momento en el que Alfie estornudó sin poder contenerse. Se quedó petrificado, con la cara arrugada, esperando en vano que no lo hubieran oído, pero, por supuesto, eso era imposible. Al instante, el médico y la enfermera habían rodeado el mostrador y lo estaban mirando.

–¿Qué demonios...? –preguntó la enfermera.

–¿Quién eres? –espetó el médico, que parecía furioso de encontrar a un niño de nueve años sentado en el suelo.

–Me he perdido –respondió Alfie.

–¿Perdido? ¿Cómo es posible? ¿Y qué haces aquí? ¡Explícate!

Alfie dijo lo primero que se le ocurrió.

–Mi padre es el lechero –arguyó (lo cual no era del todo mentira)–. Estaba ayudándole a repartir la leche. –(Lo cual sí lo era.)

El médico y la enfermera miraron a Alfie, se miraron entre ellos y volvieron a mirarlo.

–Los alimentos se entregan en la parte de atrás del hospital –dijo el médico, y se apartó–. Como ya deberías saber. Vuelve por donde has venido. –Le señaló una puerta lateral que conducía afuera–. Y no vuelvas a entrar aquí, ¿me oyes? En este hospital hay hombres enfermos. No les hace ninguna falta tener a un crío correteando por aquí, propagando quién sabe qué enfermedad. Por el amor de Dios, además apestas. Hueles como si te hubieras orinado encima. ¿Es que nunca te bañas? Vete, ¡por lo que más quieras!

Alfie giró sobre sus talones y echó a correr con el corazón desbocado. Se le cayó la gorra y, cuando regresó a cogerla, le pareció, por un instante, que la enfermera lo miraba como si supiera que había mentido, pero no se atrevió a decir nada, de modo que se dio otra vez la vuelta y echó de nuevo a correr.

El día era soleado, sorprendentemente cálido para principios de noviembre, y Alfie se caló bien la gorra para protegerse los ojos del sol. Las manos aún le olían a orina y estaba deseando lavárselas, de modo que, cuando vio una fuente en el centro del jardín, corrió hasta ella, las metió en el agua estancada y se dijo que, por muy mal que le olieran al sacarlas, seguro que no podía ser peor. Se sacudió el agua, miró el largo camino de grava que discurría por el lado del hospital y decidió ver adónde llevaba.

Cuando llegó a un grupo de árboles, miró alrededor y suspiró, frustrado. Si giraba a su izquierda, volvería al camino de acceso y al portón, a la estación de tren y a Londres, y su misión secreta habría fracasado. A su derecha estaba el hospital con sus horribles pacientes, y nada en el mundo podría haberle convencido de volver a entrar. Aquellos soldados heridos le daban lástima pero, por alguna razón, no le parecían humanos; y le extrañaba que los médicos no estuvieran haciendo más para ayudarles. Ni tan siquiera había una enfermera en el pabellón, ni tampoco un médico para ayudar al pobre hombre que se había asustado tanto al oír el silbido de la tetera. ¿No se ocupaba nadie de ellos? ¿No había nadie encargado de cuidarlos? ¿Funcionaba así el hospital de Margie? No podía imaginarse que su madre dejara solos a pacientes que sufrían tanto como aquellos infelices. Si su padre estaba allí, Alfie jamás lo abandonaría en su sufrimiento.

Quería ser valiente y seguir buscando, pero empezó a sentir pánico de estar tan lejos de casa. Nunca se había aventurado a más de unos pocos kilómetros de Londres y ahora había cogido un tren a otro condado que estaba a más de dos horas de viaje. Y lo cierto era que estaba aterrorizado. Aborrecía aquel hospital. Aborrecía el edificio, el hedor, a los pacientes, los gemidos. Lo aborrecía todo y sólo quería irse a casa. Por alguna razón, recordó el diente delantero roto y el ojo morado, verde y amarillo de Joe Patience y se preguntó por qué no se había preocupado por saber qué le había sucedido al amigo más antiguo de su padre; por preguntarle si estaba bien. Georgie se habría parado; Alfie había seguido su camino.

Dio media vuelta y estaba a punto de volver sobre sus pasos cuando vio una abertura entre los arbustos a unos doscientos metros de distancia. El seto estaba tan bien cuidado como la hierba, pero había un hueco con la anchura de una puerta que conducía a otro jardín, y algo, su espíritu explorador quizá, le indujo a querer saber qué había allí.

Por la abertura se accedía a un pasillo de setos que giraba y se bifurcaba como un laberinto. Alfie recorrió el primer tramo, giró por el siguiente y se adentró en un tercero. Cuando llegó al final, los setos se separaron por completo al desembocar en un hermoso jardín con parterres de flores separados por senderos y un pequeño estanque en la parte del fondo. Y allí, para su sorpresa y también para su consternación, había otro grupo de pacientes (unos seis), sentados en grandes sillas de ruedas a cierta distancia unos de otros, todos en bata y con una recia manta de cuadros en las rodillas. Uno se encontraba bastante cerca de él, y Alfie lo miró con aprensión; el último estaba a cierta distancia, de espaldas, con un sombrero de ala ancha bien calado y la cabeza gacha.

Alfie se escondió entre los arbustos cuando una enfermera entró en el jardín y dirigió unas cuantas palabras a cada hombre antes de seguir su camino. Desapareció por otro hueco del seto que había más adelante, y Alfie salió de nuevo al jardín. Había una mesa pequeña en el rincón con algunos libros, un par de periódicos, unas cuantas manzanas y una jarra de agua. Se acercó a echar un vistazo. Habían quitado las primeras páginas a los periódicos y sólo habían dejado noticias bastante insignificantes sobre problemas con los mineros y detalles de la nueva ley de educación que se debatía en el Parlamento. Había una fotografía del rey Jorge y la reina María en una exposición, y otra del príncipe de Gales pronunciando un discurso ante un grupo de enfermeras. Alfie no pudo contenerse. Tenía sed. Cogió un vaso limpio, se sirvió agua y se la bebió de un trago. Cuando terminó, exclamó «¡Aaah!», satisfecho.

Se volvió y miró al hombre joven más próximo, que lo observaba con cautela. El sucio pelo negro casi le tapaba los ojos, e iba sin afeitar. Su cara tenía un aire que le hizo pensar que el Viejo Bill Hemperton debió de ser así cuando era el joven Bill Hemperton.

–¿Qui-qui-quién eres? –tartamudeó el hombre, sin despegar los ojos del suelo.

–Nadie –respondió Alfie.

–Tienes que ser a-a-alguien –dijo él.

Alfie pensó en repetir la patraña de que era el hijo del lechero pero, por alguna razón, no quería mentir a aquel hombre, aunque no fuera mentira del todo, sino sólo en parte.

–Sólo... –comenzó a decir–. Sólo estoy buscando a un paciente, nada más.

El hombre asintió y le hizo una seña para que se acercara. Cuando Alfie vaciló, él le tendió la mano y movió los dedos con naturalidad.

–Acércate –dijo. Esa vez Alfie se aproximó con cautela–. Más –insistió el hombre. Alfie obedeció, y el hombre repitió la palabra, esa vez con un tono casi cantarín–. ¡Más! –Cuando Alfie ya casi tenía la cara al lado de la suya, él se crispó en la silla de ruedas y lo agarró por el mentón–. No voy a ir, ¿me oyes? –espetó, en voz baja, y Alfie notó su saliva en la cara–. No puedes obligarme. Llévate a otro. No puedes obligarme, ¿me oyes?

Alfie casi gritó antes de soltarse y darse rápidamente la vuelta para buscar la salida, pero los setos parecían estar más juntos que antes, y el sol era tan fuerte que lo cegaba. Al volverse empezó a sentirse mareado y echó a correr en una dirección elegida al azar. Tenía que salir de allí. Tenía que volver a casa. No podía quedarse en aquel lugar tan espantoso ni un segundo más. Siguió corriendo en la misma dirección, seguro de que lo conduciría al lugar del que venía, pero no, sólo lo llevó hasta el fondo del jardín, donde estaba el último hombre, sentado en la silla de ruedas con el sombrero bien calado y la cabeza gacha. Alfie pasó de largo sin mirarlo; por allí no había salida. Se dio la vuelta y esa vez vio la salida a lo lejos y suspiró aliviado. Sólo miró al hombre de la silla un instante cuando pasó otra vez por su lado, pero fue suficiente para reconocerlo. Se volvió y lo miró, sin salir de su asombro.

El hombre alzó la vista, y Alfie dio un grito ahogado.

–¡Papá! –exclamó.

Georgie Summerfield estaba sentado en la silla de ruedas, mordiéndose las uñas y mirando a su hijo. Entrecerró ligeramente los ojos, como si no estuviera seguro de quién era Alfie, antes de negar con la cabeza y bajar la vista para mirarse las zapatillas. Estaba más delgado de lo que Alfie recordaba. Tenía los pómulos más marcados, los ojos enormes y los labios muy blancos y resecos, con pielecillas.

–¡Papá, soy yo! –gritó, y corrió hacia él–. ¡Soy Alfie!

Georgie no pareció reconocerlo y siguió mirándose las zapatillas y negando con la cabeza. Empezó a murmurar, aunque Alfie no logró descifrar las palabras. Se acercó más, pero nada de lo que decía tenía sentido para él.

–... en el último, claro, donde guardaban los cascos, ¿quién era?, era Humberside, siempre era el mejor, no, quizá no, también estaba Petey, al final lo cogieron, se hundió con un barco, eso es lo que oí, mientras los demás hacíamos cosas que sólo sabe Dios. «Quedaos en la trinchera y luego corred», eso nos decían, continuamente. Pero ¿qué sentido tiene? Había un... ¿qué era? ¿Un pomelo? No, claro que no, allí no había pomelos, me equivoco...

–¡Papá! –gritó Alfie, y lo agarró por los hombros, que ya no estaban tan musculosos como antes. Georgie solía tenerlos muy fuertes por levantar las lecheras–. Papá, ¿no me conoces? Soy yo, ¡Alfie!

Georgie volvió a mirarlo, aunque no dio muestras de reconocerlo. Sonrió y bajó otra vez la vista, pareció que estaba a punto de volver a hablar, pero se lo pensó mejor y no dijo nada. Se quedó inmóvil en la silla, sin decir nada, sin hacer nada, sin mirar nada.

–Papá, por favor –susurró Alfie–. He venido a buscarte. ¡A salvarte!

Sin embargo, Georgie sólo suspiró. Era como si no pudiera oírle. Alfie se puso en pie y miró alrededor, consternado. Escrutó a los otros pacientes, pero ninguno de ellos podía ayudarlo. Había encontrado a su padre; había recorrido toda aquella distancia y lo había encontrado. Georgie no estaba en ninguna misión secreta para el Gobierno: eso era mentira. Y todos estaban al corriente salvo él. Pero ¿qué importaba? Georgie ni tan siquiera lo reconocía ya. No conocía a su propio hijo.

–Papá –suplicó.

Ninguna respuesta.

–¡Papá!

Pese a que Alfie notó lágrimas en los ojos, estaba resuelto a no llorar. Se quedó donde estaba, observando a los hombres mientras mecían el cuerpo, y algunos, no todos, mascullaban para sus adentros. Luego se fijó en la mesa donde estaban los periódicos y el agua, y tuvo una idea. Corrió hasta ella, cogió un periódico, lo dobló por la mitad y se metió la mano en el bolsillo. Regresó junto a su padre, se quedó delante de él con el periódico doblado en la mano y Georgie lo miró, se fijó en el periódico y volvió a mirarlo con cara de curiosidad.

–Mira lo que te he traído –dijo Alfie.

Abrió el periódico y le enseñó el caramelo de manzana, el caramelo de manzana que Marian Bancroft le había dado en el tren y él había guardado en el bolsillo para más tarde.

Georgie contempló el caramelo, mantuvo la mirada fija en aquella pequeña esfera verde, amarilla y roja antes de que su expresión diera poco a poco muestras de que reconocía a Alfie. Tragó saliva y alzó la vista hasta su hijo.

–Alfie –dijo.

9

¡Oh! ¡Qué guerra tan bella!

Alfie puso los ojos en blanco con exasperación mientras esperaba a que terminara el discurso. En el transcurso de la última hora, la estación de King's Cross se había llenado tanto que era prácticamente imposible lustrarle los zapatos a nadie. Casi no podía ni mantener su posición habitual entre las vías, las taquillas y la cafetería con la cantidad de empujones y codazos que la gente se daba al pasar. Todo el mundo estaba escuchando a un hombre encaramado a una caja de madera que afirmaba que a la guerra ya le quedaba poco, que nadie debía perder la esperanza y que todo se habría acabado antes de Navidad. Casi todos sus oyentes le aplaudían; unos cuantos lo insultaban, pero recibían, a su vez, los abucheos de las personas que tenían alrededor.

«Navidad –pensó Alfie, mientras negaba con la cabeza y cogía un cepillo del suelo antes de que un hombre gordo con un traje negro lo triturara al pisarlo–. Siempre va a acabarse antes de Navidad.» Pero ¿qué era lo que Georgie había escrito en una de sus cartas? «Sólo que no dijeron qué Navidad.»

Sacó el libro de *Robinson Crusoe* del bolsillo y se puso a

leerlo mientras intentaba abstraerse de las ovaciones y abucheos que la gente no dejaba de gritar alrededor de él, al parecer, en igual medida.

–Ahora os digo –rugió el hombre encaramado a la caja– que el sacrificio que todos habéis hecho, que vuestros seres queridos han hecho, ¡se recordará siempre! –Alzó la voz en «siempre», y el público prorrumpió en ovaciones–. ¡Ganaremos esta guerra con honor, y nuestros soldados volverán a casa! –Otra ovación, más empujones y codazos, y esa vez una mujer casi se cayó encima de Alfie y tuvo la grosería de apoyarse en su cabeza para mantenerse en pie. Alfie se indignó profundamente–. ¡Juntos seguiremos adelante! –continuó el hombre–. ¡Unidos contra la tiranía! ¡Firmes en nuestro propósito! La victoria está a nuestro alcance, el final está cerca. Si mantenemos el ánimo y la cabeza firmes, pondremos fin a este conflicto sin que se derrame más sangre. ¡Gracias!

Todo el mundo gritó y arrojó el sombrero al aire, excepto un hombre próximo a Alfie, que se puso a negar con la cabeza. Cuando se volvió hacia él y vio que lo miraba, dijo:

–Qué va a estar cerca el final.

Pero Alfie apartó los ojos y se alegró de ver que el gentío por fin se estaba dispersando. Miró el enorme reloj que había encima de las taquillas. Las dos y cuarto. Aún tenía tiempo de ganarse un dinerillo si la suerte le acompañaba.

–¡Limpiabotas! –gritó, e intentó infundir a su voz la misma fuerza y determinación que había empleado el orador para que la gente le oyera antes de dispersarse–. ¡Límpiese los zapatos aquí!

–Creo que me limpiaré los zapatos, jovencito –dijo una

voz detrás de él. Al volverse, Alfie vio al mismísimo orador, mirándolo sonriente. Era un hombre alto y delgado, con el bigote muy poblado y el abundante pelo moreno peinado con la raya al lado. Parecía cansado, como si llevara años sin dormir una noche entera, pero su mirada reflejaba resolución. Hablaba con un acento extraño que Alfie no acabó de identificar–. Tengo tiempo, ¿no? –preguntó a un hombre con un maletín que aguardaba a su lado.

Éste miró el reloj de la estación antes de asentir.

–Un poco –dijo–. Pero tenemos que estar en el Palacio alrededor de las tres.

–Tengo tiempo. De sobra –respondió el hombre, antes de sentarse enfrente de Alfie en la silla de los clientes–. Ve a tomarte un té, Rhodhri, y déjanos al chaval y a mí para que charlemos. No tengo muchas ocasiones de hablar con los jóvenes. ¿Cómo te llamas, chico?

–Alfie –respondió él.

–Bonito nombre –comentó el hombre, y asintió con aire de entendido–. De niño tuve un amigo que se llamaba Alfie. Tenía seis spaniels y los llamó *Alfie I*, *Alfie II*, *Alfie III*, etcétera, como si fueran reyes.

–Hummm –contestó Alfie, pero le pareció una ridiculez. Él sólo conocía a un rey Alfredo. Alfredo el Grande. Sonaba bien. ¡Alfie el Grande!

–En fin, tú a lo tuyo, chaval –dijo el hombre–. Déjame las punteras bien relucientes, si me haces el favor, quítales el polvo y haz algo con las rozaduras de los talones. Y no seas tímido con el betún.

Alfie asintió y sacó los cepillos y los botes. Luego colocó el zapato izquierdo del hombre en el reposapiés.

–Tal vez no debería preguntarte esto –dijo el hombre un momento después–, pero ¿no tendrías que estar en la escuela? ¡O puede que todas las escuelas de Londres hayan cerrado y nadie haya tenido el detalle de decírmelo!

–Estaba enfermo, señor –respondió Alfie.

–Entonces ¿qué haces aquí?

–Quiero decir que mi profesor estaba enfermo. Y nos han dado medio día libre.

–No me creo una palabra. Pero no vamos a enfadarnos por una mentirijilla sin importancia. Al menos estás aquí trabajando para ayudar a tu familia en vez de gandulear por las calles. Supongo que lo que ganas se lo das a tu madre.

–Sí, señor –respondió Alfie, sin mencionar que había guardado parte para su misión secreta y que ahora estaba guardando todavía más para la segunda fase de su misión secreta, que iba a requerir incluso más planificación que la primera pero era infinitamente más importante. Y bastante más peligrosa.

–Buen chico. Y además eres un buen limpiabotas, lo reconozco –añadió el hombre, y se fijó en la rapidez con la que Alfie movía las manos para añadir la cantidad justa de betún en un sitio o limpiar la suciedad de otro, como si las bayetas y cepillos tuvieran vida propia–. Debes de llevar tiempo en esto. Eres todo un profesional, ¿no?

–Gracias, señor –dijo Alfie, y dio unos golpecitos en la puntera del zapato izquierdo para indicarle que ya había terminado.

El hombre bajó el pie, subió el otro, y Alfie volvió a ponerse manos a la obra.

–Mi primo Thomas fue limpiabotas en la estación de

Llanystumdwy –explicó el hombre. Sacó una pipa del bolsillo, encendió una cerilla y esperó a que el tabaco de la cazoleta prendiera–. Era un tipo curioso. No iba nunca al barbero porque le daban miedo las tijeras. Creía que tenía terminaciones nerviosas en el pelo, ¿comprendes? Por supuesto, ya ha pasado mucho tiempo. Pero esto es agradable. No tengo mucho tiempo para estar sentado sin hacer nada.

–Entonces ¿trabaja, señor? –preguntó Alfie, que había supuesto que el hombre no tenía trabajo si podía permitirse el lujo de estar en una estación de tren en mitad del día, dando el espectáculo.

–Oh, sí –respondió él.

–¿Dando discursos? –preguntó Alfie.

–Entre otras cosas. Aunque el propósito de la política debería ser hacer cosas, no sólo hablar de hacerlas, ¿no crees? Pero si no nos mezclamos con la gente, empiezan a pensar que les hemos olvidado y se ponen a buscar para ver si algún otro puede hacerlo mejor. ¿Sabes quién me dijo eso?

–No, señor.

–El rey –respondió el hombre con una sonrisa–. De vez en cuando, hace comentarios que merece la pena recordar. El año pasado también hizo uno. Lo tengo anotado en algún sitio. Le toca hacer otro un día de éstos. En fin, la esperanza es lo último que se pierde.

Alfie interrumpió lo que estaba haciendo y lo miró con asombro.

–¿De verdad conoce al rey? –preguntó.

–Por supuesto. Lo veo a menudo. Dos o tres veces a la semana, como mínimo. Casualmente me reúno con él dentro de una media hora.

Alfie sonrió y negó con la cabeza. En su oficio se encontraba con excéntricos de todo tipo y, aunque aquel hombre parecía bastante respetable, era evidente que estaba loco, desvariaba o ambas cosas. Lanzó una mirada a la entrada de la estación, donde había un corrillo de hombres trajeados fumando y charlando, y entonces vio, horrorizado, que una mujer pasaba entre ellos y miraba alrededor como si se hubiera extraviado.

La última persona a la que Alfie esperaba ver ese día.

Su madre, Margie.

–Trabajas aquí todos los días, ¿verdad, chaval? –dijo el hombre, y Alfie lo miró y parpadeó.

–¿Cómo dice, señor? –preguntó.

–Te preguntaba si trabajas aquí todos los días. Puedes decirme la verdad. No te denunciaré al consejo de ministros.

–Cuatro días a la semana –respondió Alfie, convencido, por alguna razón, de que el hombre no iba a delatarlo al director del colegio–. Martes, miércoles, viernes y sábados. Voy al colegio los lunes y los jueves.

–¿Y los domingos?

–Los domingos descanso –dijo Alfie.

Volvió otra vez la cabeza y vio a su madre rebuscando en el bolso: cuando Margie alzó la vista, él cogió la gorra del suelo, echó las monedas en la caja de limpiabotas del señor Janáček y se la caló hasta las cejas para ser menos visible.

–No eres el primero que lo hace –observó el hombre–. ¡Qué no daría yo por descansar los domingos! Pensaría que me había tocado la lotería.

Alfie se atrevió a mirar por tercera vez; su madre estaba

parada en el centro del vestíbulo, consultando el panel. Luego volvió la cabeza para ver qué hora era en el reloj de la estación y, antes de que Alfie pudiera apartar los ojos, miró en su dirección. Él se apresuró a bajar la vista y se caló la gorra todavía más, sin dejar de trabajar. Cuando miró a Margie con el rabillo del ojo vio, con el corazón en un puño, que se acercaba a él con cara de no poder dar crédito a sus ojos. Negó con la cabeza, desolado, y esperó. Lo había pillado. Ahora todo se sabría.

Jamás conseguiría llevar a cabo la segunda fase de su misión secreta.

Georgie estaría condenado a pasar el resto de su vida en aquel sitio espantoso.

–No me lo puedo creer –dijo Margie cuando se detuvo a su lado–. Creía que me engañaba la vista y he tenido que venir a comprobarlo.

Alfie se dispuso a quitarse la gorra, pero el hombre habló antes de que le diera tiempo a hacerlo.

–Si se está preguntando si soy quien usted cree –le dijo–, la respuesta es sí, soy yo.

–Eso me parecía –convino Margie–. Le he reconocido por los periódicos.

–David Lloyd George –se presentó el hombre, y alargó la mano.

–Margie Summerfield –añadió Margie.

–Es un placer, señora.

Alfie contuvo el aliento. ¿Era posible que, después de todo, su madre no lo hubiera visto? Estaba justo a su lado, pero la gorra, que llevaba calada hasta las cejas, le tapaba la cara. Ella ni tan siquiera miraba al limpiabotas.

–Nunca me habría imaginado que el primer ministro tendría tiempo para limpiarse los zapatos a esta hora del día –dijo Margie–. Sabe que estamos en guerra, ¿no?

–Lo sé, señora Summerfield, sí –respondió el hombre, con un tono un poco más serio–. Pero incluso los primeros ministros tenemos unos minutos para nosotros.

Alfie apenas pudo dar crédito a sus oídos. «¿El primer ministro?»

–Perdone –dijo Margie–. Eso ha sido una grosería.

–No se preocupe.

–Es que estoy muy cansada.

–Por favor –insistió él–. No me he ofendido. Todos estamos tensos.

–¿Puedo hacerle una pregunta?

–Sí.

Margie no vaciló.

–¿Cuándo va a acabarse esta maldita guerra? Y, por favor, no me diga que antes de Navidad. Respóndame con sinceridad. Aunque no sea lo que quiero oír.

Hubo un largo silencio y, finalmente, el señor Lloyd George sólo suspiró y se encogió de hombros.

–No lo sé –dijo–. Pronto, espero. Muy pronto. ¿Puedo ser totalmente sincero con usted?

–Sí.

–Se acabará esta semana o se alargará de forma interminable. Depende de una serie de cuestiones que se están decidiendo en este momento. Pero yo tengo esperanzas, señora Summerfield. No las he perdido. ¿Tiene a su marido en el frente?

Margie negó con la cabeza.

–Ya no –respondió.

–Lo siento mucho.

–No, no me ha entendido –se apresuró a decir Margie–. No está muerto. Está en un hospital.

–¿Herido?

–No físicamente.

Otro silencio.

–Entonces ¿cómo? –preguntó.

–Lo llaman «neurosis de guerra», ¿no? –respondió Margie, y Alfie puso los ojos como platos. Aquél era el término que Marian Bancroft había empleado en el tren.

–Ah, sí –dijo el señor Lloyd George–. Sí, así es como lo llaman. El señor Asquith me ha hablado de ello; es difícil saber qué pensar. –Alfie no podía dar crédito a lo absurda que se había vuelto la conversación. *Señor Asquith* había hablado de la neurosis de guerra? Ahora sí que ya lo había oído todo–. Cuando un hombre se queda sin piernas en una explosión, las pruebas están ante los ojos de todos. Cuando dice que tiene la mente destrozada, bueno... –No terminó la frase.

–¿Cree que esos hombres mienten? –preguntó Margie, con manifiesta dureza–. ¿Cree que son unos cobardes? ¿Que no quieren combatir?

–En absoluto –respondió él–. No sé lo suficiente sobre la enfermedad, ésa es la verdad.

–Entonces quizá debería informarse.

–Sí –dijo el señor Lloyd George–. Quizá debería.

Margie consultó su reloj.

–Será mejor que me vaya –dijo–. Voy a visitar a mi marido al hospital.

–¿En qué hospital está?

–El de East Suffolk e Ipswich.

–Es un buen sitio. Le deseo a su marido una pronta recuperación.

–Haga algo –repuso Margie, y se inclinó hacia delante, tanto que, si hubiera mirado un poco más abajo y a la izquierda, se habría tropezado con los ojos de su hijo–. Haga algo para que esto se acabe. Por favor.

Dicho aquello, se dio la vuelta y se dirigió a las taquillas. De camino, abrió el bolso y sacó el monedero.

–Una mujer desconsolada –contestó el señor Lloyd George antes de volver a sentarse con un suspiro–. Como tantas otras con seres queridos que han muerto o están heridos. Háblame de tu familia, chaval. ¿Tienes hermanos? ¿Padre?

–No tengo hermanos –respondió Alfie.

–¿Ni los has tenido nunca?

Alfie frunció el entrecejo; la pregunta le extrañó. Pero entonces comprendió a qué se refería el primer ministro y negó con la cabeza.

–No –dijo–. Soy hijo único.

–¿Y tu padre? –continuó el señor Lloyd George, con una nota de temor en la voz–. ¿Está bien?

–Está en Francia –mintió Alfie–. Está allí cumpliendo con su deber. –Una frase que había oído decir al Viejo Bill Hemperton en un centenar de ocasiones.

–Espero que no le pase nada –dijo el primer ministro–. Debes de estar orgulloso de él, ¿no?

Alfie no respondió. Se limitó a asentir y continuó lustrándole los zapatos. Miró hacia las taquillas y volvió un poco el cuerpo para ser menos visible si su madre miraba otra vez en su dirección.

–¿De verdad es usted el primer ministro? –preguntó al cabo de un momento.

El señor Lloyd George asintió.

–Sí, chaval, sí. Aunque te parezca mentira. ¿Es que no tengo pinta de primer ministro?

Alfie lo pensó.

–No lo sé –respondió–. No sé qué pinta tiene un primer ministro.

–Imagínate a un hombre –le instruyó el señor Lloyd George–. De metro ochenta más o menos. Con bigote y pipa. Ponle una sonrisa cordial y acento galés. Y ahí lo tienes. El modelo ideal de primer ministro británico.

Alfie sonrió. «¡Galés!» Claro, ése era el acento.

–Conozco a alguien que quiere ser primer ministro –dijo, un momento después.

–¿Un amigo? ¿Cómo se llama?

–Kalena Janáček. Y no es un amigo, sino una amiga.

El señor Lloyd George se rió a carcajadas y negó con la cabeza.

–Te refieres a que querría casarse con el primer ministro, ¿no? –preguntó, y Alfie negó con la cabeza.

–No –insistió–. Quiere ser primera ministra.

–Bueno, es una idea radical –contestó el señor Lloyd George. Reflexionó sobre ello mientras fumaba en su pipa–. Pero vivimos en una era de radicales, maestro Summerfield, así que nada es imposible. Puedes transmitirle mis palabras.

–Ya no la veo –objetó Alfie.

–¿Por qué no? ¿Os habéis peleado?

–Ustedes se la llevaron –dijo Alfie–. A ella y a su padre. Los mandaron a la isla de Man.

El primer ministro asintió y lo consideró.

–Janáček; eso has dicho, ¿no? Austríaca, ¿no? ¿Polaca?

–Inglesa. Nació a tres casas de la mía.

–Un nombre curioso para una niña inglesa.

–Su padre vino de Praga.

–Entonces, mitad austrohúngara, mitad inglesa.

–Ella no era una fracción.

El señor Lloyd George frunció el entrecejo y lo miró con interés.

–Eres listo, ¿eh? –dijo, al cabo de un buen rato.

Alfie lanzó otra mirada a las ventanillas; Margie ya había terminado de hacer cola y estaba hablando con el taquillero.

–¿Qué le parecen, señor? –preguntó Alfie. Se enderezó y dejó que el primer ministro se mirara los zapatos.

–Magníficos, chaval –dijo–. Te estoy muy agradecido. Me reúno con Su Majestad dentro de veinte minutos, y es importante tener un aspecto inmejorable cuando quieres ganarte a la familia real. Tienen unas obsesiones curiosísimas. –Alfie puso los ojos como platos: le costaba creer que acababa de lustrar unos zapatos que pronto estarían ante el rey–. Por supuesto, el rey siempre lleva los zapatos impecables –añadió el señor Lloyd George–. Creo que se los limpia un chico del personal doméstico. O todo un ejército. Creo que los cría en palacio. Dime, ¿no sería un puesto ideal para un chaval como tú? –observó, sonriente, y Alfie también se rió. Era una idea fantástica–. En fin –dijo el primer ministro un momento después–, ¿cuánto te debo?

–Un penique, señor –respondió Alfie.

El señor Lloyd George metió la mano en el bolsillo y echó tres peniques a la gorra.

–Uno para ti, uno para tu madre y uno para que tu padre vuelva sano y salvo –dijo–. Adiós, Alfie. Gracias por limpiarme los zapatos.

Cuando el primer ministro se alejó para reunirse con su acompañante, Alfie vio que Margie se volvía hacia él y lo miraba directamente a la cara. Por supuesto, el señor Lloyd George ya estaba acostumbrado a eso, de modo que, en vez de apartar la vista, inclinó la cabeza con educación y ladeó el sombrero al pasar por su lado. Alfie se escondió detrás de la columna y observó a su madre mientras miraba al primer ministro. Luego la vio negar con la cabeza y echar a andar hacia la vía dos para subir a su tren. Esperó a estar seguro de haberla perdido de vista y corrió a mirar el panel para averiguar adónde se dirigía el tren.

El destino que leyó no le sorprendió: Ipswich.

Era más tarde de lo que Alfie solía quedarse en su puesto de limpiabotas, pero estaba decidido a esperar, porque el hombre a menudo aparecía los martes por la tarde. El tiempo transcurrió despacio, si bien, al final, su paciencia se vio recompensada cuando, a alzar la vista, vio al médico del hospital de East Suffolk e Ipswich, el mismo cuyos documentos habían volado por toda la estación la semana anterior, andando resueltamente hacia él. Alfie lo miró a los ojos y tragó saliva.

–Límpiame los zapatos, por favor –dijo el hombre.

Alfie asintió y se enderezó. Volvió a sacar sus enseres mientras el hombre se sentaba y colocaba un zapato en el reposapiés.

–Te conozco, ¿verdad? –preguntó–. Estabas la semana pasada.

–Estoy todas las semanas, señor –respondió Alfie–. Me llamo Alfie.

–Doctor Ridgewell –dijo el hombre.

–¿Es usted soldado, señor?

–Más o menos. Era médico especialista antes de la guerra. Ahora trabajo en un hospital militar.

–Algún día me gustaría ser médico –afirmó Alfie, aunque no tenía el menor interés en serlo. Sin embargo, sabía que a los adultos les gustaba que los niños de su edad se fingieran interesados en su profesión.

–¿Es eso cierto? –preguntó el doctor Ridgewell, y pareció complacido–. Bueno, supongo que por algo se empieza. Lo creas o no, yo me pagaba los caprichos haciendo repartos para el pescadero todos los sábados. Por supuesto, tuve suerte. Mi padre también era médico. Como lo fue su padre. Pero hay un médico del hospital, el doctor Morehampton, cuyo padre es carbonero, por increíble que parezca. Y otro, el doctor Sharpely, es hijo de un verdulero. Así que los hay de toda clase. ¿En qué trabaja tu padre?

–Está en el ejército.

–Bueno, claro. Y con razón. Pero ¿qué hacía antes de eso?

–Trabajaba en la vaquería de Damley Road –respondió Alfie–. Repartía la leche.

–Un trabajo honrado –dijo el doctor Ridgewell, y asintió, satisfecho con la respuesta–. Y me atrevería a decir que pronto volverá. Esta guerra se habrá acabado antes de Navidad, ¿sabes? Ahora ya no cabe ninguna duda.

Alfie no dijo nada.

–¿Qué clase de médico es usted? –preguntó al cabo de un rato, después de terminar un zapato y pasar al siguiente.

–¿Qué quieres decir?

–¿Cuida a la gente si tiene un resfriado? ¿O si se ha roto una pierna?

–Es bastante complicado –respondió el doctor Ridgewell–. ¿Estás seguro de que quieres saberlo? –Alfie asintió–. De acuerdo. Me ocupo de la medicina de la mente. De hombres que están mal de la azotea, si sabes a qué me refiero. Tocados del ala. Ofuscados. ¿Comprendes qué quiero decir?

–Lo siento, pero no –dijo Alfie, que no tenía la menor idea de qué significaba ninguna de aquellas frases.

–Hombres que están locos –explicó el doctor Ridgewell–. Sabes qué es volverse loco, ¿verdad?

–Sí. A veces pienso que puedo estar volviéndome yo.

–Pues entonces ya sabes de lo que hablo. Cuido de personas que tienen la cabeza un poco confusa. –Se golpeteó la sien con los dedos–. Por supuesto, ahora es muy común. Los hombres que vuelven de las trincheras. Los que vuelven vivos, quiero decir. No es fácil para ellos, ¿sabes? Han visto verdaderas atrocidades, han sufrido muchos traumas. Eso puede causar graves trastornos en las funciones mentales.

–¿Y qué les ocurre? –preguntó Alfie. Dejó de pasar la bayeta y lo miró.

–Depende de la persona –respondió el doctor Ridgewell–. Algunos no son capaces de superarlo. Naturalmente, aún es demasiado pronto para decirlo, pero es probable que algunos no tengan remedio. Otros pueden tardar años en ponerse bien. Los hay que sólo necesitan que les llamen al orden para entrar en razón. Como digo, varía de un hombre a otro. No hay reglas fijas.

–¿Muere alguno? –preguntó Alfie, con el entrecejo fruncido.

–Dios santo, no –respondió el doctor Ridgewell–. No es esa clase de enfermedad. Aunque supongo que algunos dirían que es una muerte en vida. Soldados que han sufrido tantos bombardeos, explosiones y tiroteos y han presenciado tantas atrocidades que la cabeza deja simplemente de funcionarles y les dice: «Tú sigue tu camino que yo seguiré el mío». Es desmoralizante. Pero es lo que hago. Intento recomponer a esos soldados. ¿Cómo vas? ¿Has terminado?

Alfie asintió y guardó las bayetas.

–Como nuevos –dijo.

–Un trabajo espléndido –afirmó el doctor Ridgewell–. Se te da muy bien esto, ¿sabes? Si algún día decides estudiar medicina, ¡el mundo perderá a un gran limpiabotas! –Se levantó y echó un penique en la gorra de Alfie–. Bueno, adiós, por ahora. Hasta la semana que viene, espero.

«Sí», pensó Alfie mientras el médico se alejaba.

«Quizá.»

10

Chitón, que viene un obús

La pintura verde de la puerta había empezado a agrietarse y Alfie vio cicatrices rojas asomando por debajo. Vaciló antes de llamar, nervioso, sin estar seguro de si aquello era buena idea, pero antes de que pudiera decidirse la puerta se abrió y allí estaba, plantado ante él. Joe Patience. El objetor del número dieciséis.

–Alfie –dijo Joe, sorprendido–. Me ha parecido oír que había alguien en la puerta. Estaba empezando a preocuparme. Me alegro de que sólo seas tú. –Miró fuera por un momento y echó un vistazo a sendos lados de la calle para asegurarse de que no había nadie más antes de volver a entrar en el recibidor.

–Hola, señor Patience –dijo Alfie.

–¿«Señor Patience»? Me llamo Joe, tú ya lo sabes. ¿Y qué te trae por aquí? Hace mucho tiempo que no venías a verme.

–Quería pedirte una cosa. Necesito ayuda.

Joe enarcó una ceja. Llevaba el moretón del ojo un poco mejor que hacía unos días; los distintos colores se habían concretado en un único matiz azulado, y parecía que tuviera que dolerle menos.

–No sabía a quién más acudir –continuó Alfie–. Estoy en una misión secreta, ¿sabes? Bueno, estaba en una misión secreta, pero ahora estoy en otra.

Joe frunció el entrecejo y pareció no estar seguro de qué debía hacer, aunque, al final, se apartó para que Alfie entrara.

–Será mejor que pases, supongo –dijo–. Además, no me gusta tener la puerta de casa abierta más tiempo del necesario.

A Alfie siempre le había extrañado que, cuando entraba en cualquier otra casa de Damley Road, pareciera como si estuviera en la suya propia, sólo que con montones de sutiles diferencias. Todas las habitaciones tenían la misma forma y tamaño, todos los pasillos estaban dispuestos igual (o de forma simétrica), pero mientras que conocía los muebles de su casa y todo lo que sus padres y él poseían (sus adornos, sus cacharros, sus cojines), las cosas que veía en las casas de otras personas le resultaban completamente ajenas.

Miró alrededor, y lo primero que le llamó la atención del salón de Joe Patience fue la cantidad de libros que había. Las paredes estaban llenas de estantes donde no había ni un solo hueco que no estuviera ocupado por volúmenes de tapa dura, algunos escritos en idiomas que Alfie ni tan siquiera entendía. Joe advirtió el asombro con que lo miraba todo, con la boca abierta, y sonrió.

–¿Te gusta leer, Alfie? –preguntó.

–Me gusta *Robinson Crusoe* –respondió él–. El señor Janáček me lo regaló el día que cumplí cinco años. En ese momento me costó leerlo, pero ya me lo he leído tres veces desde entonces. Es el mejor libro que se ha escrito nunca.

–Es un buen libro, desde luego –dijo Joe Patience–. Pero hasta que no hayas leído mucho más, deberías reservarte el juicio. ¿Qué otros libros has leído?

Alfie negó con la cabeza.

–Sólo cuentos en el colegio. Ninguno tan bueno como *Robinson Crusoe*. ¿Has leído todos estos libros? –dijo, preguntándose cuántos habría.

Se inclinó hacia atrás y se asomó al pasillo, cuyas paredes también estaban llenas de libros, y a la cocina, donde vio otra hilera encima de los fogones. El clarinete de Joe estaba apoyado en la mesa de la cocina. Antes de la guerra solía tocarlo fuera de casa, y toda la calle oía la música. Ahora sólo lo tocaba dentro, en privado.

–Casi todos. Últimamente no tengo mucho más que hacer. Venga ya, ¿vas a decirme qué haces aquí o tengo que adivinarlo?

Alfie lo miró de hito en hito, sin tener muy claro cuál era la mejor forma de plantearle aquello. Joe sólo tenía la edad de Georgie, treinta y un años, pero parecía mucho mayor. Estaba muy ojeroso, quizá por leer demasiado, o por no dormir suficientes horas, y una cicatriz le atravesaba la mejilla. Sobre la sien izquierda tenía una calva con la piel muy suave que parecía el resultado de una honda quemadura.

–Tú conoces a mi padre –dijo finalmente Alfie.

–Claro –respondió Joe, y se rió–. Crecimos juntos. Ya lo sabes.

–¿Y conoces la guerra?

Joe se quedó callado, pero luego asintió.

–Claro –repitió.

–Bueno, cuando mi padre se fue a la guerra, recibimos un montón de cartas suyas, y parecía que se lo estaba pasando en grande –dijo Alfie. Empezó a hablar a borbotones, queriendo explicarlo todo de una vez–. Pero luego las cartas dejaron de llegar, o eso creí yo, aunque, en verdad, mamá las escondía para que yo no las viera, aunque yo las encontré de todas formas. Ella las escondía debajo del colchón, y yo las leía, y no tenían mucho sentido, la mayoría; o lo tenían al principio, cuando hablaba de las cosas horribles que estaban pasando, pero después, al cabo de un tiempo, dejó de hablar de esas cosas y todo se volvió confuso.

–Más despacio, más despacio –repuso Joe, y alzó una mano–. Tu padre se fue a la guerra, esa parte la he entendido. Si te preocupa que no haya escrito, bueno, los soldados no siempre pueden escribir. Están combatiendo, naturalmente, y...

–Mi padre no está combatiendo –afirmó Alfie, y negó con la cabeza.

–Ah, ¿no? –preguntó Joe, y apartó los ojos.

Alfie dio un grito ahogado de sorpresa.

–Lo sabes, ¿verdad? –exclamó–. ¡Sabes lo de mi padre!

–¿Saber qué?

–¡Lo sabes!

–Alfie, lo que dices no tiene sentido.

–Mi padre está en un hospital. A dos horas de aquí. Está ahí desde... Bueno, no sé desde cuándo.

–Ah –dijo Joe Patience.

–Pero se supone que yo no lo sé.

–¿Y cómo lo has descubierto?

–Soy listo –respondió Alfie–. Lo he deducido. Pero tú lo sabías, ¿verdad? Te lo veo en la cara.

Joe asintió.

–Sí, yo lo sabía –admitió–. Bueno, ¿has ido a verlo, Alfie?

–Sí.

–¿Te reconoció?

–Al final sí. Pero no fue como antes. Me reconoció, pero luego ya no. Y después salieron las enfermeras y tuve que largarme. Aunque, antes de irme, gritó algo. Las enfermeras no le prestaron atención, pero yo sí. Oí la palabra y sé que me la gritaba a mí.

–¿Qué dijo? –preguntó Joe.

–«Casa.»

Joe enarcó una ceja. Luego cogió los cigarrillos y encendió uno. Alfie había observado que, siempre que los adultos querían reflexionar, hacían eso. Sacaban el tabaco y las cerillas.

–¿Has ido a verlo tú? –le preguntó Alfie un momento después.

Joe asintió y dio una larga calada al cigarrillo.

–Voy todas las semanas –respondió–. Bueno, desde que salí de la cárcel.

–¿Por qué no me has dicho nada?

–Tu madre me pidió que no te lo contara. Pero como ya lo sabes, supongo que no tiene sentido mentir. ¿Qué dice Margie de todo esto?

–No sabe nada –reconoció Alfie–. No se lo he dicho.

Joe asintió; no parecía nada sorprendido.

–¿Puedo preguntarte una cosa? –dijo Alfie, después de un largo silencio.

–Claro –respondió Joe, y se encogió de hombros–. Pregúntame lo que quieras.

–¿Por qué te llaman «el objetor del número dieciséis»?

Joe frunció el entrecejo.

–Porque es donde vivo –respondió.

–No –repuso Alfie, y negó con la cabeza–. Esa parte la entiendo. Lo que no entiendo es lo otro. ¿Qué es un objetor?

Joe sonrió un poco.

–¿No sabes qué significa la palabra?

–No.

–De hecho, sólo es la primera de tres. La expresión completa es «objetor de conciencia».

–¿Y qué significa? –preguntó Alfie.

–Describe a una persona que no quiere luchar en la guerra por razones humanitarias, religiosas o políticas.

Alfie frunció el entrecejo, miró la alfombra y se fijó en los lazos del dibujo y en cómo se entrecruzaban. Había muchas palabras en aquella frase que no entendía. Alzó la vista, desconcertado.

–Al principio –explicó Joe–, antes de que el reclutamiento fuera obligatorio, los hombres se alistaban voluntariamente. Para ir a la guerra, quiero decir. Tu padre se alistó el primer día, ¿te acuerdas? –Alfie asintió–. Lo estoy viendo ahora mismo, andando por Damley Road con el uniforme, más feliz que una lombriz. Yo estaba fuera, limpiando las ventanas. «Georgie», le dije, «no habrás ido a alistarte, ¿verdad? Dime que no has ido.»

»"Lucho por mi rey y mi país, ¿no?"

»"¿Por qué? ¿Qué ha hecho el rey por ti?"

»"Nada importante. Pero un hombre tiene que cumplir...", y todas esas chorradas.

»Recuerdo que me quedé mirándolo, Alfie, como si se hubiera vuelto loco. Como si hubiera perdido por completo la razón. "Debes de estar loco", le dije.

»"Eso lo dices ahora, Joe, pero te llegará la hora. Óyeme, tú también te habrás alistado antes de que acabe la semana."

»"Las vacas volarán sobre el palacio de Westminster cuando llegue ese día, Georgie", respondí. "No pienso alistarme para matar gente. ¿Qué me han hecho a mí los alemanes? Nada importante."

»Pero tu padre sólo se rió, negó con la cabeza y repitió que me llegaría la hora. Lo vi entrar en vuestra casa y me pregunté qué debía de estar pasando. Qué pensaba tu madre. Qué pensabas tú.

–La abuela Summerfield dijo que estábamos acabados, que estábamos todos acabados –explicó Alfie.

–Y no iba muy descaminada, ¿no? Haz caso a tu abuela, Alfie. Algunas personas mayores saben lo que pasa. Ya han visto unas cuantas cosas.

–Tú no le caes bien –dijo Alfie en voz baja.

–Antes sí. No me entiende, eso es todo. Pero es una mujer buena, Alfie. Hizo mucho por mí cuando era pequeño. Me limpiaba cuando... Quiero decir, cuidaba de mí después de...

–¿Después de qué? –preguntó Alfie.

–Mi padre solía darme unas palizas tremendas –respondió Joe. Bajó la vista y movió los pies despacio sobre la alfombra–. También pegaba a mi madre. Sabía pelear. Yo le tenía miedo, claro está. Y mi madre también. ¿Sabes quién era la única persona que no le tenía miedo?

–¿Quién?

–La abuela Summerfield –respondió Joe–. Me tenía escondido en su armario cuando él quería pegarme. Una vez casi le echó la puerta abajo cuando fue a buscarme porque se me había olvidado limpiar la parte de atrás del retrete, y ella cogió un rodillo y se encaró con él, más tiesa que un palo. Le dijo: «Si no sales de esta casa ahora mismo, Sam Patience, te partiré la cabeza, ¿me oyes?». Y debió de asustarlo, porque él se fue. Tu abuela es una bruja dura de pelar, lo admito.

Alfie intentó imaginárselo. ¡La abuela Summerfield plantando cara a un matón!

–Y luego, cuando yo tenía tu edad –continuó Joe–, consiguió que él dejara de pegarnos.

–¿Cómo?

–Juntó a media docena de hombres de Damley Road y les pidió que hicieran una visita a mi padre. Para dejarle las cosas claras. Para poner los puntos sobre las íes. No sé qué le dijeron, pero después de eso ya no volvió a levantarnos la mano ni a mi madre ni a mí. Y cuando murió, atropellado por el furgón de un carbonero cuando volvía a casa borracho, tu abuela se aseguró de que a mi madre y a mí no nos faltara de nada. Sé lo que piensa de mí ahora, Alfie, se lo veo en la cara cada vez que se cruza conmigo en la calle, pero le debo mucho a esa mujer. Sólo me gustaría que pudiera entenderlo, eso es todo.

–No le caen bien los objetores –arguyó Alfie–. Por otro lado, tampoco quería que papá se alistara cuando empezó la guerra. No lo entiendo.

–Mira, Alfie –dijo Joe. Apagó el cigarrillo y encendió otro–, yo tampoco estuve de acuerdo con lo que hizo tu padre. Pensé que estaba loco. Pero lo admiré por ello. No estaba pensando en su bienestar. Por supuesto, tampoco pensaba en el bienestar de su familia, aunque no vamos a entrar en eso. Se fue, igual que muchos otros hombres del barrio. Hubo una fiebre por alistarse en 1914, Alfie, una fiebre. Todo el mundo parecía creer que era una gran aventura. Pero al menos ha sobrevivido. Fíjate en Charlie Slipton del número veintiuno. No duró mucho, ¿no?

–Una vez me tiró una piedra a la cabeza sin ningún motivo –dijo Alfie, que no parecía capaz de olvidarlo.

–A lo mejor apuntaba a otra cosa y te dio por error. En fin, cuando el reclutamiento se hizo obligatorio en 1916, dijeron que todos los hombres sanos de entre dieciocho y cuarenta y un años tenían que alistarse, a menos que fueran viudos y tuvieran uno o dos hijos a su cargo. ¡Sin preguntarles! ¡Sin darles opción a disentir! Fue ahí donde surgimos los objetores de conciencia. Fuimos muchos, ¿sabes? Los que nos rebelamos y nos negamos a combatir.

–¿Tenías miedo? –preguntó Alfie.

–¡Sí! –respondió Joe. Se inclinó hacia delante y lo miró a los ojos–. Claro que tenía miedo. ¿Qué clase de loco no tendría miedo de ir a un país extranjero para cavar trincheras y matar a todos los desconocidos que pudiera antes de que un desconocido lo matara a él? Sólo un chalado no tendría miedo. Pero no fue el miedo lo que me disuadió de ir, Alfie. No fue saber que me herirían o me matarían. Fue lo contrario. Fue el hecho de no querer matar a nadie. Yo no vine a este mundo para asesinar al prójimo. Me crié rodeado de violencia, ¿es que no lo ves? La aborrezco. Lo que mi padre me hizo... me dejó una cicatriz que no se cura, eso es todo. Sin embargo, si ahora saliera a la calle y le diera un martillazo en la cabeza a un hombre, si lo mandara con su Creador, me meterían en la cárcel. Hasta podrían ahorcarme. Pero como me negué a ir a Francia a hacer lo mismo, me metieron igualmente en la cárcel. ¿Puedes decirme qué tiene eso de justo? ¿Qué sentido tiene?

Alfie recordó que no había visto a Joe Patience durante casi dos años. Y que, cuando había reaparecido en Damley Road, estaba distinto. Parecía más viejo y triste. Y tenía montones de cicatrices.

–¿Qué te pasó? –le preguntó.

–Me detuvieron –respondió Joe. Se encogió de hombros y apartó la mirada–. Me juzgaron. Dijeron que era un cobarde. Me mandaron a la cárcel. Al menos dejaron de darme plumas blancas fuera a donde fuera.

Alfie frunció el entrecejo.

–¿Plumas blancas? –preguntó.

–Es lo que hacen. Sobre todo, las mujeres. Los hombres agreden. Las mujeres dan plumas blancas. A todos los hombres jóvenes que ven que no llevan uniforme. Significa que eres un cobarde. Es ruin, Alfie, de veras. Se acercan a ti en la calle y son todo sonrisas; te miran como si fueran una amiga que hace mucho que no te ve, una prima olvidada o una chica con la que fuiste al colegio, o puede que sólo te encuentren atractivo, y, cuando te paras, meten la

mano en el bolso, no dicen una palabra, sacan una pluma y te la ponen en la mano. Luego se van, más tiesas que un palo. Nunca dicen nada. Y todo el mundo ve lo que hacen, la calle entera. Todo el mundo mira. Lo mismo daría que te pusieran la marca de cobarde con un hierro candente. Es horrible, Alfie, horrible.

Alfie se acordó del hombre joven al que había lustrado los zapatos antes de ir al entierro de su hermano. Había hecho un comentario sobre aquello. «Una mujer se acercó a mí en mitad de Picadilly Circus. [...] Abrió el bolso, y delante de todo el mundo...»

–¿Y la cárcel? –preguntó Alfie un momento después–. ¿Cómo era?

–¿Cómo crees que era? –preguntó Joe–. Me encerraron porque me negaba a pelear, y allí me peleé más que en toda mi vida. Los presos la tomaron conmigo por mis convicciones. No todos, por supuesto. Había más objetores como yo, y a todos nos daban palizas. ¿Ves esta cicatriz? –Joe le señaló la profunda marca de la mejilla, y Alfie asintió–. Me la hicieron allí. Y esto... –Se señaló la quemadura de la cabeza–. Es mejor que no sepas cómo pasó ni cómo me lo hicieron. En fin, cuando salí, no sabía qué hacer. Así que volví a casa. Lo curioso es que ya no es tan malo como antes. A lo mejor te has fijado en que cojeo un poco. –Alfie asintió; se había fijado–. Me pasó cuando un interno me cogió manía. Así que ahora cojeo, tengo cicatrices y puedo ir de una punta a otra de Londres sin que nadie me dé una pluma blanca porque todos creen que me hirieron allí. Sabes cómo se llama eso, Alfie, ¿verdad?

Alfie negó con la cabeza.

–«Ironía» –respondió Joe; sonrió un poco, pero no parecía muy contento–. Se llama «ironía». Si lees alguna otra cosa aparte de *Robinson Crusoe*, verás que es un término que aparece de vez en cuando.

–¿Y los cardenales de la cara? –preguntó Alfie–. Los recientes.

–Culpa mía –respondió Joe con una sonrisa amarga–. No debería abrir la puerta por la noche. Los borrachos. Vienen cuando cierran los pubs.

Alfie pensó a fondo en aquello. Se oyó respirar por la nariz mientras reflexionaba sobre todo lo que Joe le había contado y, en todo ese tiempo, Joe no dijo nada; sólo esperó a que hablara.

–¿No quieres irte de aquí? –preguntó Alfie por fin–. La gente se ha portado muy mal contigo. ¿No quieres irte a otro sitio?

–¿Adónde iba a ir? Éste es mi hogar.

–A un sitio donde pudieras volver a empezar. Casarte, tener hijos.

Joe sonrió y negó con la cabeza.

–No creo que ninguna mujer me aguantara.

–¿Por qué no? He leído en el periódico que ahora todas las chicas buscan marido. Ahora hay *cadencia* de hombres jóvenes en Londres, eso dicen.

–«Carencia» –dijo Joe.

–Y Helena Morris estaba colada por ti, todo el mundo lo sabe. Podrías casarte con ella.

–Preferiría hacer un agujero hasta el centro de la Tierra con la lengua –dijo Joe; se dio unas palmaditas en la rodilla, como nervioso–. Algunos hombres están hechos para tener novia. Como tu padre, por ejemplo. Me acuerdo de cuando conoció a tu madre. ¡Nunca había visto a un hombre tan enamorado! Y ella también se enamoró de él. Fue todo tan fácil... Tan injusto... Algunos..., bueno, no tenemos esa suerte.

–¿Crees que mi padre se equivocó? –preguntó Alfie, sin estar seguro de qué hablaba Joe pero convencido de que guardaba relación con las ideas que tantos problemas le habían ocasionado–. Yendo a la guerra, quiero decir. ¿Crees que tendría que haberse quedado en casa y haberse hecho objetor como tú?

Joe Patience negó con la cabeza.

–Yo no digo a los demás lo que deben hacer –arguyó–. No les digo lo que deben pensar y lo que no. Sólo vivo mi vida. Tu padre es un hombre valiente e hizo lo que consideraba correcto. Pero yo también soy valiente. Tú quizá no lo creas, Alfie, y esas mujeres de Trafalgar Square y Piccadilly Circus y que se pasean por Regent Street como si supieran algo de la valentía quizá no lo crean. Sin embargo, lo soy.

–Quiero traerlo a casa –dijo Alfie.

–¿Traer a casa a quién?

–A mi padre.

Joe frunció el entrecejo.

–Pero está en el hospital.

–Allí no mejora nada. Es un sitio espantoso. Apesta, y hay sangre por todas partes, y todos los pacientes están gritando o volviéndose locos. No puedo dejarlo allí. Si lo llevo a casa, mamá podrá ayudarle a ponerse bien. Nosotros le curaremos.

Joe frunció el entrecejo, se dirigió a la ventana y miró fuera. La señora Milchin, del número siete, se acercaba por la calle y escupió en la puerta de Joe cuando pasó por delante de su casa.

–Tienes que hablar de esto con tu madre –dijo al cabo de un rato Joe.

–No.

–¿Por qué?

–Cuando lo vi, me fui directo a casa para contárselo –contestó Alfie–. Pensé que quizá se había creído la patraña de que mi padre estaba en una misión secreta para el Gobierno. Pero ella ya se había ido al hospital para el turno de noche y, cuando volvió, yo ya estaba dormido. Y luego, cuando se fue a trabajar al día siguiente, yo me fui a King's Cross a limpiar zapatos...

–¿A qué?

–A limpiar zapatos –repitió Alfie–. Lo hago para ayudarla. Podemos estar en guerra, pero hay muchos hombres que quieren llevar los zapatos limpios. Hago mi parte, ¿no? Y la vi subirse a un tren que iba a Ipswich. Así que ya sabe que está en el hospital, y aun así ha decidido dejarlo allí. No comprende que sería mejor traerlo a casa.

Joe dio un par de vueltas por el salón, inquieto.

–Probablemente tiene razón, Alfie –dijo–. El hospital es el mejor sitio para él. Sé que es un lugar espantoso, pero tenemos que confiar en que los médicos saben lo que hacen. Cuidarán de él. Le ayudarán para que se ponga mejor.

–¡Si casi no me reconoció! –gritó Alfie, y se levantó–. No está mejorando. Allí no van a curarlo. Yo puedo curarlo. Si está donde debe estar.

–Alfie, ¿por qué has venido? –preguntó Joe, y se llevó las manos a la cabeza–. ¿Por qué has acudido a mí?

–Porque el Viejo Bill Hemperton dice que eres un hombre muy fiel a ti mismo, y papá es tu amigo más antiguo. Así que he venido a pedirte ayuda.

–¿Ayuda para qué?

–Para sacarlo a escondidas.

Joe puso los ojos como platos.

–¿Sacarlo a escondidas? –preguntó–. ¿Quieres sacar a tu padre del hospital?

–Y traerlo a casa. No puedo hacerlo solo. He pensado que podrías ayudarme.

Joe negó con la cabeza.

–No puedo hacer eso, Alfie –repuso–. Crees que lo ayudas, pero es posible que sólo consigas que empeore.

–¡No! –gritó Alfie.

–Tienes que hablar con tu madre. ¡O con tu abuela! Cuéntales lo que sabes. A lo mejor podéis ir todos juntos. Quizá le guste recibir la visita de las tres personas a las que más quiere en el...

–No –insistió Alfie–. Tienes que ayudarme. No puedo fiarme de nadie más.

–Pues lo siento –dijo Joe, y negó con la cabeza–. Pero no puedo.

Alfie cerró los puños y golpeó el sofá para desahogar su frustración. Uno de los cojines se reventó, y las plumas del relleno salieron volando. Alfie las miró mientras flotaban en el aire antes de coger una, de color blanco, y correr junto a Joe para ponérsela en el pecho.

Joe la cogió y la miró con expresión vacía.

–Oh, Alfie –dijo con un hondo suspiro cargado de dolor, más dolor del que Alfie recordaba haber percibido nunca en la voz de un hombre.

En cuanto Joe pronunció su nombre, él salió al pasillo, abrió la puerta de la casa y echó a correr por Damley Road tan rápido como podía, queriendo dejar a todas las personas de la calle lo más lejos posible.

11

Mete tus problemas en tu viejo petate

Alfie llegó a la estación de King's Cross justo después de las diez de la mañana y cogió uno de los primeros trenes al hospital. Era lunes, y cualquier otro lunes habría estado en el colegio, dado que había clase de historia, pero tenía otros planes para ese lunes, el día que pensaba salvar la vida a su padre sacándolo del hospital a hurtadillas.

Con una bolsa de lona al hombro, compró un billete de ida y vuelta de Londres a Ipswich y uno sencillo de Ipswich a Londres. (Después de todo, Georgie no regresaría al hospital.) Esa vez encontró la vía sin problemas y se acomodó en un rincón de un compartimento. No habló con nadie e intentó enfrascarse en la lectura de *Robinson Crusoe*.

Cuando estuvo cerca del lugar donde Marian y él se habían apeado la semana anterior, miró alrededor por si alguien más bajaba allí y, cuando le pareció que era el único, comenzó a preocuparle que el tren no fuera a parar. Pero unos minutos después le alivió comprobar que el tren comenzaba a reducir la marcha. Cuando se detuvo con un chirrido de frenos, bajó de un salto y echó a andar por la estrecha calle en dirección al cruce, donde enfiló el camino que conducía al hospital de East Suffolk e Ipswich.

Cuando llegó al portón, esperó unos minutos hasta asegurarse de que nadie más iba a aparecer y querer saber qué hacía allí. Corrió detrás de un árbol para atender un asunto personal y luego, con la sensación de que aquél era tan buen momento como cualquier otro, echó a correr por el camino con todas sus fuerzas. Un perro salió del edificio, y Alfie se paró en seco. Los perros le daban un poco de miedo; se lo daban desde que tenía tres años y el terrier de Jack Tamorin, del número veinte, había estado a punto de morderle la mano cuando intentó darle un hueso. Observó al perro y esperó a ver qué sucedía, sin embargo, el animal pareció perder interés en él y volvió a entrar en el edificio, donde se perdió de vista.

¿Qué hacía un perro dentro de un hospital? No parecía muy higiénico.

Oyó que abrían una ventana detrás de él y se pegó a la pared cuando una mujer se asomó y miró el camino. Alfie estaba tan cerca que podría haberla tocado con sólo alargar la mano, pero ella no miró abajo, sino sólo hacia el portón.

–No hay nadie, Bessie –dijo, y se apartó de la ventana–. Ves visiones, ¿no? Te has vuelto majareta. Lo que tú necesitas es que vuelva tu Henry.

–Ya quisiera yo –respondió una persona a la que Alfie no veía–. Lo último que sé es que estaba en algún sitio cerca de Antwerp. Tendré suerte si vuelvo a verlo antes de Navidad.

–En Navidad ya se habrá acabado todo –aseguró la primera chica.

Cerró la ventana y, fuera cual fuera la respuesta de su compañera, Alfie no la oyó. Aunque supuso que no sería muy efusiva.

Dobló la esquina del edificio, echó a correr por el camino hasta el hueco del seto y se dirigió al jardín donde había encontrado a los pacientes sentados al sol la semana anterior, con la esperanza de que el hombre de pelo lacio que lo había agarrado por el brazo no estuviera, pero ese día aquella parte del jardín estaba vacía; debían de tenerlos dentro. La mesa donde había periódicos y manzanas seguía allí, con un mirlo posado en ella que miraba a todas partes en busca de migas de pan. Alfie se adentró más y vio a dos hombres sentados en sillas de ruedas, con recios abrigos y mantas en las rodillas. Los dos parecían en paz, pero no hablaban. El segundo hombre estaba de espaldas a él, igual que Georgie la semana anterior, con lo que Alfie no podía verle la cara.

–Hola –dijo el hombre más próximo a él. Dejó el libro en el regazo y se quitó las gafas–. ¿Quién eres?

Alfie lo miró y vaciló; pese a que ese día no quería entablar ninguna conversación con los pacientes, pensó que lo mejor sería no contrariar a nadie por si llamaban a un médico o a una enfermera.

–Alfie Summerfield –respondió.

–Yo tenía un hermano que se llamaba Alfie –dijo el hombre, y le sonrió–. Lo mandaron a Iprés. Qué nombre tan raro para una ciudad, ¿no crees? Tardé mucho en retenerlo en la memoria.

–Sí, señor –contestó Alfie, y pasó por su lado para acercarse al otro paciente.

–No te vayas –dijo el hombre, y la súplica que percibió en su voz le indujo a detenerse y mirarlo. No era muy mayor. No pasaba de los veinticinco. No parecía que tuviera ninguna herida y daba la impresión de que se había lavado hacía poco, porque olía a jabón y tenía el pelo electrizado–. ¿Qué haces aquí? Aquí no vienen muchos niños de tu edad. Lo cierto es que no viene ninguno.

–Busco a mi padre –explicó Alfie.

–¿Es médico?

Alfie estuvo a punto de decir que no, que era un paciente, pero se lo pensó mejor.

–Sí –respondió–. He pensado que igual estaba aquí fuera.

–Sólo vemos a los médicos dentro del hospital –dijo el hombre–. Las enfermeras son las que salen a atendernos. Y me alegro, son mucho más guapas. Pero dime, ¿dónde estabas?

Alfie se quedó mirándolo, sin saber a qué se refería.

–¿Dónde estaba? –preguntó.

–Sí, ¿dónde estabas? ¿En Francia o en Bélgica?

Alfie frunció el entrecejo.

–En ninguno de los dos sitios –respondió.

El hombre se inclinó hacia delante y frunció el entrecejo.

–No eres objetor, ¿verdad?

–No, señor.

–Ah, bien –dijo el hombre, con un suspiro. Se recostó en la silla–. Duele, ¿verdad?

–¿El qué? –preguntó Alfie.

–¿No lo oyes, dentro de tu cabeza? Yo sí. Aunque aquí se está muy tranquilo. Les pido que me saquen, haga el tiempo que haga. No soporto estar dentro. Demasiados gemidos y rechinamientos de dientes. A veces esto parece el infierno.

Como en respuesta, se oyó un fuerte golpetazo en el edificio, como si el viento hubiera cerrado una puerta en un pasillo. Alfie se volvió en esa dirección y, cuando miró de nuevo al hombre, éste tenía los ojos cerrados y parecía estar contando mentalmente.

–El doctor Ridgewell me ha dicho que haga esto –dijo al cabo de un rato, después de volver a abrir los ojos y hacer un amago de sonrisa–. Estoy bien, de veras. Me mandan a casa el lunes. ¿Qué día es hoy?

–Lunes –respondió Alfie.

–Oh –dijo el hombre, y se quedó pensativo–. Entonces debí de entenderlo mal. Es un nombre difícil de recordar, ¿verdad? «Iprés.» Pero así son los franceses. No les gusta poner las cosas fáciles. Conocí a una chica en París, ¿sabes? Una preciosidad. Trabajaba en un bistró cerca de la avenida de la Motte-Picquet. Me planteé casarme con ella, pero sé qué habría dicho mi padre si la hubiera llevado a casa. No soporta a los europeos del continente, ¿sabes? Y tiene dinero, así que supone que todo el mundo quiere sacar tajada. A mí nunca me ha importado demasiado el dinero. Es fácil decirlo, supongo, cuando se tiene mucho.

Alfie miró al hombre del fondo del jardín, que se volvió como si hubiera notado sus ojos clavados en él. No era su padre.

–Tengo que irme –dijo.

–Te vas a hacer la ronda, ¿no? Eres joven para ser médico, pero supongo que todos tenemos que arrimar el hombro en estos tiempos.

Alfie asintió y se alejó. Aborrecía aquello. Aborrecía aquel lugar y aborrecía a aquellas personas. Estar en aquel hospital era como entrar en una pesadilla donde nada de lo que nadie decía tenía sentido. Los hombres estaban confusos, viviendo a caballo entre el presente, el pasado y una tierra de nadie por la que deambulaban tratando de esquivar balas que siempre los alcanzaban y los derribaban. Hacía lo correcto sacando a su padre de allí, no le cabía la menor duda. Recogió la bolsa de lona del suelo, salió del jardín y se dirigió al hospital.

Se quedó en la entrada, sin querer siquiera pensar en volver a entrar, pero no le quedaba otro remedio. Si bien esperaba encontrar a Georgie en los jardines y poder escapar juntos, eso no había sucedido, de modo que tendría que ir a buscarlo.

A uno de aquellos espantosos pabellones.

Escondió la bolsa detrás de una maceta, abrió la puerta y asomó la cabeza. Todo estaba despejado. Había unas escaleras en mitad del pasillo, y Alfie miró hacia arriba; tenía al menos tres pisos, y había habitaciones en el perímetro de todas las plantas. Se le cayó el alma a los pies: ¿cómo demonios iba a encontrar a su padre en un sitio tan enorme?

Más adelante estaba el puesto de enfermeras donde lo habían descubierto la última vez y se dirigió rápidamente hacia él, contento de ver que en ese momento no había nadie. Si el médico que se había enfadado con él volvía a encontrarlo, jamás se creería la patraña de que era el hijo del lechero. Miró alrededor y, mientras se escondía detrás del mostrador, vio al doctor Ridgewell, a quien ya había lustrado los zapatos dos veces, saliendo de uno de los pabellones con otro médico más joven que parecía nervioso. Se agazapó detrás del mostrador, con la esperanza de que no entraran en el puesto de enfermeras.

–... yo creo que podremos darle el alta a principios de la semana que viene –dijo el doctor Ridgewell–. Conciértale unas cuantas sesiones con Davis en Harley Street. He hablado con su secretaria: ya está al corriente de todo. Con una vez a la semana debería bastar. Pero es alentador, ¿no? Ver que alguien mejora tanto. Nos da esperanza para los demás.

–¿Sabe algo ya del Ministerio de Guerra, doctor? –preguntó el médico más joven.

–¿En referencia a qué?

–Al reconocimiento.

Hubo un breve silencio.

–Todavía no. Ninguno de esos condenados políticos quiere ser el que afirme lo obvio, el que deje claro al país que esta enfermedad es real y nos afecta a todos. Que nos afectará durante años, me temo. El problema es que la gente todavía lo ve como cobardía, y nadie del Parlamento tiene agallas para decir lo contrario.

–He pensado... –dijo el médico joven–. Es decir, me preguntaba si...

–Vamos, suéltalo, Chartwell. No tengo todo el día.

–Bueno, es sólo que hemos tenido algunos éxitos, ¿no? Y algunos fracasos. Quizá podríamos invitar a algunos caballeros de la prensa. Podrían escribir sobre el tema. Difundirlo entre la gente de a pie. Puede que así consiguiéramos que la gente nos apoyara un poco más.

El doctor Ridgewell no dijo nada durante un rato y, cuando habló, su tono dio a entender que la mera idea lo dejaba estupefacto.

–¿«Caballeros de la prensa»? –preguntó, y pronunció cada palabra despacio–. ¿Has perdido el juicio, Chartwell? ¿Invitar aquí a la prensa? ¿Al East Suffolk? ¿De veras crees que lo que necesitan nuestros pacientes es tener a montones de periodistas entrevistándoles con la boca abierta y haciéndoles fotografías para vender periódicos?

–Sólo digo que, si pudiéramos explicar al mundo lo que está ocurriendo aquí, es posible que la gente se animara a hablar con los parlamentarios de su distrito. Podríamos mostrarles a pacientes como Boyars, que ya se ha repuesto casi por completo. Podríamos hablarles de nuestros avances.

–¿Y qué pasa con los que no mejoran, Chartwell? ¿Acaso has pensado en ellos? ¿Levinson, en la primera planta? ¿Hobbs, en el pabellón de al lado? ¿Summerfield, en la segunda? ¿Deberíamos sacarlos también en sus sillas de ruedas para exponerlos al ridículo ante el mundo entero? ¿Debo convertirme en un director de circo que exhibe a estos infelices como a sus monstruos de feria?

Alfie aguzó el oído cuando oyó mencionar su apellido. «Summerfield, en la segunda.»

–Lo siento, doctor –respondió el médico joven, con una nota de arrepentimiento en la voz–. Veo que ha sido una mala idea.

–Tendría que ser una idea bastante mejor, Chartwell, para poder calificarse de mala idea. Tendría que superar muchos grados de estupidez antes de poder siquiera aspirar a un término tan elevado. No, sigamos con lo que mejor se nos da, la práctica de la medicina, y dejemos que el mundo piense lo que quiera. Bueno, no puedo quedarme aquí charlando todo el día. Tengo pacientes a los que ver, y estoy seguro de que tú también.

Y para gran alivio de Alfie, echaron a andar sin haber reparado en su presencia.

Salió rápidamente de su escondrijo y comenzó a subir por las escaleras de piedra. Llegó a la primera planta y continuó hasta la segunda. Al menos, ya sabía en qué planta estaba su padre. Oyó murmullos de voces al llegar (pacientes en sus habitaciones, enfermeras atendiéndolos) y anduvo de puntillas para no hacer ruido. Entró en el primer pabellón con mucho sigilo para que nadie se diera cuenta de que estaba allí.

No obstante, era difícil identificar a su padre, porque había muchos hombres ovillados en la cama con la cabeza bajo las mantas o sentados en sillas de espaldas a él, mirando por la ventana. Se desanimó, sin saber qué hacer, pero entonces lo vio, en un pabellón sobre cuya puerta ponía «St. Margaret», sentado junto a la ventana, con una baraja de cartas. Las barajaba, sacaba una al azar y la miraba durante un rato antes de volver a mezclarla con las demás.

Alfie entró y miró alrededor. Había otros tres hombres en el pabellón. El primero ocupaba la cama que Alfie tenía a la izquierda y estaba profundamente dormido, con la manta subida hasta el mentón, agarrándola como si fuera un niño. Enfrente de él había otro hombre sentado en la cama leyendo un libro. Lo dejó en el regazo cuando vio a Alfie y le sonrió. Le faltaban todos los dientes. Alfie levantó la mano para saludarlo, pero él negó con la cabeza y miró a otra parte. En la tercera cama había un hombre muy joven (no aparentaba más de dieciocho años) que tenía los puños apretados a los lados de la cabeza. Cada pocos segundos cerraba los ojos con fuerza y emitía un ruido extraño, como un grito ahogado de horror; luego, el momento pasaba y los puños se le aflojaban antes de que todo volviera a empezar. Y por último, sentado junto a la ventana, estaba Georgie Summerfield.

–Papá –dijo Alfie, al tiempo que se arrodillaba a su lado–. Papá, soy yo. Alfie.

Georgie lo miró y, al cabo de un momento, su rostro dio muestras de que lo reconocía. Ya parecía estar mejor que la semana anterior.

–Alfie –dijo–. Nunca eres tú.

–Esta vez sí –afirmó Alfie–. Te dije que volvería.

–¿Cuándo me lo dijiste, Alfie? Esto no es un sueño, ¿no? Ven aquí, hijo mío.

Alfie se acercó, y Georgie alargó las manos para tocarle la cara. Le pasó los dedos por las mejillas y el mentón, como haría un ciego que quisiera reunir información sobre alguien.

–Eres tú, ¿verdad? –preguntó su padre, en voz baja, con asombro mezclado con emoción–. Aunque te has hecho muy mayor. Ya no tienes cinco años, ¿verdad?

–Tengo nueve –respondió Alfie, confundido, porque su padre lo había visto hacía sólo unos días pero parecía haberlo olvidado por completo.

Miró la mesilla, donde había un plato metálico con tres pastillas de distintos colores junto a un vaso de agua, y se preguntó cuánta medicación le administraban todos los días y si eso le hacía olvidar cosas.

–Nueve –dijo su padre, y movió la cabeza con asombro–. Pero no estás aquí, ¿verdad? –preguntó de repente, con cara de horror, antes de negar con la cabeza–. No, por supuesto que no. No estoy pensando con claridad, sólo eres un niño. Es imposible que estés aquí. ¿Qué haces aquí? ¿Quién te ha dejado entrar?

–He venido a buscarte, papá –respondió Alfie.

–¿A buscarme?

–Para llevarte a casa.

Georgie tragó saliva y negó con la cabeza.

–No puedo ir a casa –dijo–. No estoy bien, Alfie.

–No estás bien porque este sitio te pone enfermo. Pero si vienes a casa conmigo, te pondrás mejor. ¡Te lo prometo! Tienes que volver a repartir leche. *Señor Asquith* sigue tirando del carro, ¿sabes? Te añora una barbaridad.

–¿Quién?

–*Señor Asquith* –repitió Alfie–. ¡Ya lo sabes! *¡Señor Asquith!*

–Ah, sí –dijo Georgie, y movió la cabeza despacio, como si no tuviera la menor idea de a qué se refería su hijo.

–Puedo ir contigo a trabajar –sugirió Alfie–. Dijiste que cuando fuera mayor podría ir.

–No se puede repartir leche con cinco años. Tu madre me haría picadillo.

–¡Pero ya tengo nueve años, papá! ¡Nueve!

El muchacho de la cama de enfrente emitió un sonido, y Alfie lo miró. Pese a que tenía los ojos abiertos, no parecía mirar nada concreto.

–Casi no ha dicho nada sensato en una semana, pobre chico –dijo Georgie, y negó con la cabeza–. Tiene los sesos fritos.

–Papá, tienes que venir conmigo –insistió Alfie, y le tiró de la mano–. Podemos irnos, los dos. Hay un tren. Tengo dos billetes. Te llevaré a casa. Te pondrás mejor si vuelves a casa.

–Está bien, Alfie –contestó Georgie, y se encogió de hombros como si no tuviera elección–. El doctor Ridgewell ha dado el visto bueno, ¿no?

Alfie vaciló, pero se apresuró a asentir.

–Sí –respondió–. Dice que estás mejor y que lo único que necesitas es volver a casa para estar con tu familia. Me ha pedido que suba a buscarte.

–No me ha dicho nada. ¡Ay! –gritó de repente. Hizo una mueca y se llevó una mano a la sien–. Pastillas, las pastillas –gruñó, y señaló el plato de la mesilla. Alfie corrió a coger las pastillas y el vaso de agua. Georgie las engulló una a una y volvió a recostarse en la silla. Le costaba respirar, como si el esfuerzo lo hubiera dejado agotado–. Son los dolores de cabeza –explicó en voz baja–. Los tengo muy a menudo. Son atroces. Ni te imaginas lo fuertes que son. Me dan náuseas. Necesito mis pastillas, Alfie. Me las dan cada tres horas. No dejes que me vaya sin ellas.

–No te preocupes, papá –dijo Alfie, que sabía que había un botiquín en el baño de su casa donde había vendas, un viscoso frasco verde que iba bien para la tos y un par de botes de pastillas (no sabía para qué)–. En casa tenemos muchas pastillas. Puedes tomarte alguna de ésas.

–Ah, entonces bien, Alfie –convino Georgie, y volvió a encogerse de hombros.

Sólo entonces cayó Alfie en la cuenta de que su padre había dejado de comportarse como su padre. Parecía que hubieran intercambiado papeles y que Georgie no cuestionara nada de lo que Alfie le decía; como si el adulto fuera él y Georgie fuera el niño. Aquella idea le produjo mucho malestar e incluso un poco de miedo. Se suponía que su padre debía cuidar de él y no al revés.

–Vamos. –Le ayudó a levantarse y lo condujo hacia la puerta del pabellón–. Tenemos que bajar sin hacer ruido.

–¡Adiós, chicos! –exclamó alegremente Georgie, y levantó la mano para despedirse de sus compañeros, pero habló demasiado alto y Alfie lo hizo callar.

Llegaron a la planta baja sin que nadie los viera y salieron al patio, donde Alfie fue a buscar la bolsa de lona; la abrió y sacó los pantalones, la camisa y la chaqueta que había cogido del armario de su padre por la mañana.

–Póntelos –le ordenó–. Así nadie sospechará en el tren.

–Vale, Alfie –dijo Georgie. Se puso obedientemente la ropa encima del pijama y se calzó los zapatos que Alfie le dio–. Pero estás seguro de esto, ¿no? ¿El doctor Ridgewell dice que no hay problema?

–Me ha dicho que fuera a buscarte –respondió Alfie–. Venga, papá. Vámonos.

Cuando doblaron la esquina, Alfie vio a un hombre uniformado que andaba resueltamente hacia ellos y le dio un vuelco el corazón. El militar no les quitaba ojo y cada vez apretaba más el paso.

–No digas nada, papá –susurró Alfie–. Déjamelo a mí, ¿vale?

–Vale, Alfie –convino Georgie.

–Eh, chaval –dijo el hombre, y se detuvo justo delante de ellos. Era rubicundo, tenía el bigote muy blanco y llevaba una especie de bastón en las manos–. ¿Dónde estoy?

–En el hospital de East Suffolk e Ipswich –respondió Alfie.

–Sí, eso ya lo sé –dijo el hombre con irritación–. No soy memo, ¿sabes? Busco la entrada del ala B. Hay un maldito perrazo en la puerta principal y, cada vez que intento pasar, me gruñe. Le habría pegado un tiro, pero me he dejado la pistola en el cuartel.

Alfie lo miró horrorizado. Por un momento se preguntó si sólo era otro paciente, aunque su uniforme indicaba otra cosa.

–Por cierto, ¿quién eres? –le preguntó–. ¿Qué hace aquí un niño? Y éste ¿quién es?

–Georgie Summerfield –respondió Georgie, y sonrió como si la situación fuera desternillante–. Yo también tuve un perro cuando era pequeño. Un king charles. Un perrito muy melancólico. Pero muy cariñoso.

–Fascinante –opinó el hombre–. Trabajas aquí, ¿no, Georgie?

–«Doctor» Summerfield –se apresuró a decir Alfie.

–Ah –convino el hombre. Lo miró de arriba abajo y adoptó una actitud menos petulante–. Es el que manda aquí, ¿no?

–No, señor, no soy yo –respondió Georgie.

–El doctor Summerfield acaba de terminar su turno –intervino Alfie.

–¿A esta hora? –preguntó el hombre, después de consultar su reloj–. Un poco temprano para recogerse, ¿no?

–Ha hecho el turno de noche –explicó Alfie.

–Y tú ¿quién eres, un muñeco de ventrílocuo? ¿Por qué no dejas que el doctor Summerfield hable por sí mismo? ¿Quién eres, por cierto?

–Su padre está internado aquí –respondió Georgie. Se había puesto derecho y hablaba muy claro.

–¿Y cómo está?

–No muy bien. Ha venido a verlo, pero los niños no pueden entrar en el hospital. Me lo llevo conmigo a la estación.

–Hum –dijo el hombre–. Muy bien. Le habrá dado un cachete, ¿no?

–No, señor –respondió Georgie.

–Yo lo habría hecho. No soporto a los críos. Ni a las crías. A los críos en general. Ambos sexos, no hago distinciones. Los odio igual a los dos. Bueno, oigan... el ala B, ayúdenme, ¿quieren?

–Entre por esta puerta –explicó Alfie–, gire a la izquierda por el primer pasillo y, cuando llegue a unas escaleras, suba a la primera planta y gire a la derecha hasta llegar al pabellón St. Hilda. Allí entre por la puerta donde pone «No pasar», y ese largo pasillo le llevará al pabellón B.

–Gracias –dijo el hombre, y asintió jovialmente–. Creo que me acuerdo de todo.

–De nada –respondió Alfie, que se había inventado todo lo que acababa de decirle. Pero sólo quería que se marchara y, con un poco de suerte, se perdiera por los pasillos del East Suffolk.

–Has estado genial, papá –dijo Alfie cuando el hombre se hubo ido, aunque Georgie volvía a parecer ausente y tardó mucho en volver la cabeza.

–¿A qué te refieres, Alfie?

–Has vuelto a ser el mismo de antes. No se ha olido nada.

Georgie no hizo ningún comentario. Solo frunció el entrecejo, cerró los ojos y emitió un débil gemido mientras se apretaba las sienes con las manos.

–Papá –dijo Alfie–. Papá, ¿estás bien?

–Sí, hijo –susurró Georgie–. ¿Podemos volver adentro? Creo que tendría que volver a la cama.

–¡No! Voy a llevarte a casa, ¿te acuerdas?

–Ah, sí, claro –le respondió él–. Vale. Si crees que es lo mejor...

Cuando se dirigían al portón, Alfie vio a tres enfermeras que se acercaban por el camino y escondió a su padre detrás de unos árboles.

–¿Qué pasa? –preguntó Georgie, y miró alrededor como si acabara de despertarse.

–¡Chist! –susurró Alfie–. No hagas ningún ruido.

–El sargento Clayton ronda por ahí, ¿no?

–¡Papá! ¡Chis! –insistió Alfie, mientras veía pasar a las enfermeras.

–Sólo preguntaba.

–¡Papá! –Alfie comenzó a sudar. Si una de aquellas enfermeras volvía la cabeza, seguro que los vería escondidos entre la vegetación. Contuvo la respiración y no soltó el aire hasta que hubieron terminado de pasar–. Bien –dijo–. Vamos, tenemos que salir de aquí lo antes posible.

Echó a correr, y Georgie lo miró un momento con cara de desconcierto antes de seguirlo. Cuando estuvieron fuera del hospital, se detuvieron para recuperar el aliento.

–La estación es por aquí –le explicó Alfie–. Tú sígueme.

–Alfie –dijo Georgie cuando se sentaron en la hierba al cabo de unos minutos para esperar el tren–, te has acordado de las pastillas, ¿verdad?

–Ya te lo he dicho –respondió Alfie–. Hay muchas pastillas en casa. Puedes tomarte una de ésas. Pero no las necesitarás, te lo prometo. En cuanto estés en tu casa de Damley Road, te encontrarás perfectamente.

–Bien, Alfie –dijo Georgie, y asintió, con aire de satisfacción.

–Bien, papá –respondió Alfie.

12

Quiero irme a casa

Georgie se quedó muy callado en el tren a Londres. Iba sentado en un rincón del compartimento, mirando el paisaje y abrazándose el cuerpo, como si estuviera haciendo un gran esfuerzo por no empezar a mecerse en el asiento. Cada vez que el tren paraba en una estación, o cerca de una estación, para que subieran o bajaran pasajeros, cerraba los ojos. Cuando el jefe de tren tocaba el silbato y, en una parada especialmente concurrida, cuando se cerraron puertas a lo largo de todo el tren, Alfie estaba seguro de haberle oído emitir un débil gemido. En esos momentos intentaba hablar con él, pero su padre únicamente le respondía con palabras sueltas: «sí», «no», «Clayton», «mañana», «pastillas», «ahora», «socorro».

En Manningtree, un joven soldado raso subió al tren y se sentó en su compartimento. Se encendió un cigarrillo y los miró con una sonrisa arrogante y descarada. Llevaba el uniforme limpio y recién planchado; parecía que acababa de estrenarlo. Georgie lo miró de arriba abajo un instante, con cara de angustia, pero cuando el soldado se percató, apartó los ojos.

–¿Qué miras? –preguntó el joven–. ¿Es la primera vez que ves a un soldado?

Georgie no dijo nada, y Alfie trató de concentrarse en *Robinson Crusoe* para que al soldado no se le ocurriera hablar con él.

–¿Se te ha comido la lengua el gato? Te he preguntado que si es la primera vez que ves a un soldado.

–He visto a unos cuantos –mascullló Georgie, sin dejar de mirar por la ventanilla.

–¿Qué lees? –preguntó el soldado a Alfie. Le arrancó el libro de las manos con un hábil movimiento y lo volvió para leer la tapa–. *Robinson Crusoe.* Mi padre lo tiene en casa. Parece aburrido.

–Es el mejor libro que se ha escrito nunca –afirmó Alfie.

–Ya –dijo el soldado, y negó con la cabeza–. Qué sabrás tú. ¿Quién es el muermo de la ventanilla? –preguntó, y señaló a Georgie con la cabeza.

–Mi padre –respondió Alfie.

–Le falta un tornillo, ¿no? ¡Eh, tú! Te falta un tornillo, ¿verdad?

Georgie se volvió y lo miró con la cabeza ladeada, como si intentara entender qué sucedía. Un momento después se puso a contemplar de nuevo el paisaje.

–Eh, ¿qué te parece? –continuó el joven soldado raso, y se señaló el uniforme–. Bastante elegante, ¿no? Es mi primer día. Voy a Londres para reunirme con mis nuevos amigos y, de allí, a Aldershot para empezar la instrucción. Llevo cuatro años esperando este día. Decían que esto se acabaría antes de Navidad, ¿no? Gracias a Dios que se equivocaban. Oye, ¿por qué no estás en el frente, tío? –preguntó a gritos, y Georgie se levantó de inmediato, salió del compartimento y cerró la puerta con furia–. Es un cobarde, ¿verdad? –aventuró el soldado, entre risas, y Alfie cerró los puños y deseó poder hacer callar a aquel imbécil–. Están por todas partes, ¿no? Hace falta un hombre de verdad para ganar una guerra. Yo meteré a los alemanes en cintura, ya verás. Yo con mis nuevos amigos.

Alfie se levantó y salió del compartimento sin decir una palabra. Echó a andar por el pasillo y por fin encontró a su padre sentado solo, con la cabeza entre las manos.

–¿Papá? –dijo, y se sentó a su lado. Quería rodearlo con el brazo más que nada en el mundo, pero no sabía cómo hacerlo; le resultaba demasiado violento–. Papá, ¿estás bien?

–Sí, Alfie –respondió Georgie en voz baja–. Sólo estoy cansado, eso es todo. No llevas ninguna pastilla encima, ¿verdad?

–No, lo siento.

–Vale.

No dijeron nada más durante el resto del trayecto y, cuando llegaron a la estación de King's Cross, Georgie parecía poco dispuesto a apearse. Los chirridos de los motores y los pitidos de los jefes de tren le hicieron temblar de forma visible. Cuando Alfie por fin lo convenció para que bajara, pareció incluso más reacio a que lo condujera en dirección a Damley Road. Cuando llegaron al principio de la calle, Alfie se asomó con la esperanza de que no hubiera nadie, pero vio a la señora Scutworth del número quince y a la señora Candlemas del número trece, una al lado de la otra, limpiando las ventanas.

–Esperaremos a que terminen –propuso, y Georgie asintió.

Aguardaron, y los minutos fueron pasando. Cada vez que Alfie miraba a su padre, quería decirle algo, pero Georgie tenía la frente arrugada y estaba un poco encorvado, con los puños apretados, meciendo el cuerpo, y a Alfie no se le ocurría nada que decir que no fuera a empeorar las cosas.

–Vamos, papá –dijo por fin, cuando las dos mujeres hubieron regresado a sus casas, y casi sin darse cuenta lo cogió de la mano y lo condujo hasta la puerta de casa, igual que Georgie hacía con él cuando era pequeño. Insertó la llave en el ojo de la cerradura, la giró con rapidez y entraron en casa.

Georgie miró alrededor; parecía que le faltara un poco el equilibrio. Casi todo estaba igual que cuando se había marchado hacía cuatro años, pero el recuerdo del número doce quizá fuera excesivo para él, porque en cuanto entró en el salón, se derrumbó en el sillón roto de la chimenea y enterró la cara en las manos.

–... cuando vieron que éramos nosotros, estuvieron distintos, ¿verdad? –masculló–. No puedo volver a hacer de camillero; tres noches seguidas es demasiado para cualquier hombre, es una tortura... «Quedaos en la trinchera y luego corred», eso me decía. No tiene sentido, ¿verdad? ¿Dónde está Unsworth? ¿Dónde se ha metido?

–¡Papá! –exclamó Alfie, y se arrodilló a su lado–. Papá, ¿qué te pasa? No te entiendo.

Georgie lo miró, negó con la cabeza y, por un momento, casi pareció el mismo de antes.

–¿Qué ocurre, hijo? –preguntó, en un tono alegre–. Oh, no te preocupes por mí. Estaba en el país de las hadas, nada más. Sé buen chico y pide a tu madre que nos prepare una buena taza de té. Tengo que acostarme temprano si mañana quiero levantarme.

Alfie asintió, fue a la cocina y puso agua a hervir. Miró en la cajita del té: estaba a medias, de manera que puso una cucharada en la tetera, vertió el agua caliente y dejó reposar el té mientras cogía pan y queso de la despensa. Al cabo de unos minutos, lo puso todo en una bandeja y la llevó al salón. Georgie estaba de pie junto a la chimenea, asiendo un retrato de los tres (Margie, Alfie y él), sacado sólo unas semanas antes de que estallara la guerra.

–Qué bonita familia –dijo, como si no reconociera a ninguno de ellos.

–Papá, somos nosotros –arguyó Alfie, y le dio la taza de té–. Ten, bébetelo. Te sentará bien, te lo prometo.

Georgie asintió y volvió a sentarse con la taza. Tomó un sorbo con cautela.

–Se te ha olvidado el azúcar –dijo–. Da lo mismo. Seguramente no nos queda. Pensaba que, si estuviéramos en Londres, a mi Margie jamás se le habría olvidado el azúcar.

Alfie lo miró de hito en hito.

–Papá, estás en...

Oyeron un redoble en la puerta, y Alfie se sobresaltó. Sólo había una persona que llamaba así.

–Quédate aquí –dijo, y lo miró–. No te muevas, ¿vale?

–¡Sí, señor! –exclamó Georgie, y le hizo el saludo militar desde el sillón.

Alfie salió al recibidor y abrió un poco la puerta. Miró

por la rendija, pero la trabó con el pie derecho para que nadie pudiera entrar.

–¿Va todo bien, Alfie?

–Sí, Viejo Bill –respondió él, y miró sonriendo a su vecino de al lado, que miró dentro de la casa por encima de su hombro.

Detrás de él, Alfie vio a *Señor Asquith* parado en mitad de la calle con Henry Lyons sentado en el carro, que iba lleno de lecheras vacías. Henry hacía todo lo que podía para que el caballo echara a trotar, pero *Señor Asquith* tenía los ojos clavados en el número doce y se negaba rotundamente a moverse.

–¿Va todo bien ahí dentro? –preguntó el Viejo Bill.

–Sí. Pero mamá está trabajando, si la buscabas a ella.

–No, no es eso –dijo el Viejo Bill–. Alfie, a lo mejor me estoy volviendo loco, pero cuando he entrado en mi salón hace unos minutos he mirado fuera y juraría que he visto pasar una cara conocida por delante de la ventana.

Alfie tragó saliva y esperó que su expresión no le delatara. Intentó hacerse el sueco.

–¿«Una cara conocida»? –preguntó–. ¿De quién?

–¿Estás solo, Alfie? –preguntó el Viejo Bill.

–¡Vamos, amigo! –gritó Henry Lyons a todo pulmón.

–Ya te lo he dicho: mamá está trabajando.

El Viejo Bill se rascó la barba y pareció no estar seguro de si debía seguir haciendo preguntas.

–Me ha parecido ver... Bueno, oye, sé que parece una locura, pero me ha parecido ver a tu padre andando por Damley Road. Tal como te lo digo. –Se volvió y miró a *Señor Asquith*–. ¿Qué narices le pasa a ese caballo?

–¿Mi padre? –preguntó Alfie, y soltó una carcajada que le sonó falsa incluso a él.

–Sí, tu padre. Ya sabes... un hombre alto. Se fue a la guerra. Tu padre, Alfie.

–Mi padre está en una misión secreta –dijo él.

–Entonces ha debido de engañarme la vista.

–Supongo.

–Debo de haberlo soñado.

–Aquí no hay nadie más.

–¿Puedo pasar, Alfie? –preguntó el Viejo Bill.

–Tengo que ir al colegio.

El Viejo Bill consultó el reloj.

–¿A esta hora? –preguntó.

–A comprar, quiero decir. Le he dicho a mamá que compraría algo para cenar.

Se quedaron callados un buen rato, mirándose de hito en hito, hombre y niño, esperando a que el otro cediera. Por fin, con un fuerte relincho, *Señor Asquith* echó a trotar, pero volvió la cabeza una o dos veces para mirar a Alfie con aire de reproche.

–Muy bien –dijo por fin el Viejo Bill, y suspiró hondo–. Bueno, supongo que luego te veo. Adiós, Alfie.

–Adiós, Viejo Bill.

Alfie cerró la puerta y se quedó un momento en el recibidor, de espaldas a ella. Negó con la cabeza: había faltado poco. Cuando regresó al salón, Georgie tenía la taza caída a sus pies, y la alfombra estaba empapada de té. Miró a Alfie como si fuera un niño al que acaban de pillar en una travesura.

–Se me ha caído –dijo.

–No importa –lo tranquilizó Alfie–. Ya se secará.

–No, más vale que lo limpie –arguyó él. Cogió un cojín del sofá y fue a colocarlo sobre la mancha.

–No, no hagas eso –repuso Alfie, y le cogió el cojín. Su madre se enfadaría si se manchaba de té–. No importa. Déjalo.

–Sí, señor, sargento –exclamó Georgie, y volvió a recostarse en el sillón.

–¡No soy un sargento! –gritó Alfie, exasperado–. ¡Soy Alfie!

–Pues claro, hijo –dijo Georgie, y se encogió de hombros–. Conozco a mi propio hijo, ¿no?

Alfie miró el reloj del aparador. Vio que era media tarde y se dio cuenta de que, en realidad, nunca había pensado en lo que haría una vez que su padre estuviera en casa; sólo había querido sacarlo de aquel hospital horrible, con su sangre y su hedor y los constantes gemidos de hombres enfermos flotando en el ambiente. Pero ahora comprendía que estar encerrado en aquella casa tan pequeña quizá no fuera lo más aconsejable para Georgie en ese momento y se le ocurrió una idea.

–Nos vamos –dijo, y lo miró.

–¿Nos vamos? ¿Adónde? Me estaba poniendo cómodo.

–Tengo que ir a trabajar.

Georgie frunció el entrecejo.

–¿Trabajar? La vaquería no estará abierta a estas horas. Para nosotros, al menos.

–No trabajo en la vaquería –dijo Alfie–. Trabajo en King's Cross.

–¿Eres maquinista? Son unos engreídos, los maquinistas.

–Soy limpiabotas –aclaró Alfie, exasperado.

–Bueno, es una forma honrada de ganarse el pan. –Su padre miró alrededor y, de repente, pareció no reconocer la casa–. Tengo que salir de aquí –añadió, aterrorizado.

–Bien, porque eso vamos a hacer. Venga.

Salieron de casa; y esa vez Alfie fue por el camino largo, a unos pasos por detrás de su padre, para no pasar por delante de la ventana del Viejo Bill. Al final de la calle, se volvió y vio a Joe Patience en la puerta de su casa, fumándose un cigarrillo y observándolo. ¿Cuánto tiempo llevaba allí? ¿Había visto a Georgie? Se miraron un instante, pero Joe no se inmutó, sólo siguió fumando, y Alfie dobló la esquina, donde su padre le esperaba, mirando el cielo.

–Qué grande es el mundo, ¿verdad? –dijo–. ¿Crees que en los otros planetas también se odian todos?

–Éste es mi puesto –señaló Alfie cuando llegó a su sitio de siempre en King's Cross, situado a la misma distancia de las vías, las taquillas y la cafetería–. Y ésa es la silla para los clientes. ¿Quieres sentarte?

Georgie se encogió de hombros, así que Alfie la acercó, y su padre la miró un momento antes de sentarse. Alfie sacó los cepillos, las bayetas y los botes de betún, y acopló el reposapiés a la tapa de la caja mientras su padre lo observaba sin decir nada.

–La cogí de la casa del señor Janáček –le explicó–. Después de que se los llevaran a Kalena y a él. Los soldados creían que eran alemanes, aunque no lo eran, eran de Praga. Sé que no está bien, pero no creo que al señor Janáček le hubiera importado. No estás enfadado conmigo, ¿verdad, papá? –preguntó.

Georgie negó con la cabeza. Lo miró y sonrió. Alfie no entendía por qué cambiaba de humor continuamente.

–No, hijo, no estoy enfadado contigo –dijo–. Al señor Janáček le alegraría saber que le estás sacando partido.

–Vengo aquí cuatro días a la semana. Doy casi todo el dinero que gano a mamá. Trabaja de enfermera, ¿sabes? Y lava ropa para otras señoras. Y cose para una ricachona. Pero me quedo con un poco por si surge un imprevisto. Así es como he pagado los billetes de tren.

Georgie asintió y metió la mano en el bolsillo de la chaqueta. Estaba vacío y probó con el otro. También estaba vacío. Alfie sabía qué buscaba. Todos los hombres que se sentaban en aquella silla hacían lo mismo. Sacar la pipa o los cigarrillos. A todo el mundo le gustaba fumar mientras le lustraban los zapatos. Incluso al primer ministro.

–¿Quieres que te lustre los zapatos, papá? –preguntó Alfie, y le miró los pies.

Georgie asintió y colocó el zapato izquierdo en el reposapiés mientras Alfie se ponía manos a la obra. Los zapatos tenían mucho polvo después de tanto tiempo en el armario de arriba. Tenía que quitárselo antes de aplicar el betún.

–¿Puedes volver a casa, papá? –preguntó Alfie, sin alzar la vista, mientras le desempolvaba el zapato.

–Esto es mi casa, ¿no? ¿Londres? ¿O me he vuelto loco?

–Me refiero a tu propia casa –aclaró Alfie–. Para siempre. A Damley Road. A trabajar en la vaquería con *Señor Asquith*. A que todo vuelva a ser como antes.

Una gota de agua cayó en la puntera del zapato izquierdo de su padre, y Alfie frunció el entrecejo mientras la secaba. Debía de haber goteras en el techo. Se volvió para mirar a la multitud que inundaba la estación y, por un instante, vio una cara conocida junto al estanco, observándolo. Una cara curtida. Con cicatrices y quemaduras. Parpadeó y trató de fijar la mirada, pero las personas que iban y venían se interpusieron y, cuando se dispersaron, no vio a nadie.

–Odio la guerra –dijo, con un suspiro.

–Todo el mundo la odia –convino Georgie–. Es perversa.

–Dijeron que se acabaría antes de Navidad, pero eso no pasó.

–Aunque se acabe, seguro que pronto habrá otra. Son como los autobuses, ¿no? Si pierdes uno, coges el siguiente. Tienes que irte de aquí, Alfie, ¿me oyes? No dejes que te cojan. Necesitamos treinta años de paz para que no te llamen a filas.

Otra gota de agua cayó en el zapato, y Alfie alzó la vista. El techo no tenía goteras; su padre estaba llorando. Era la primera vez que lo veía llorar y le entró miedo.

–Papá –dijo–, ¿qué pasa?

–Nada, hijo, nada –respondió él, y se enjugó la cara con el pañuelo–. No me hagas caso. Tú sólo asegúrate de dejarme los zapatos como una patena, ¿vale? Puede que luego me lleve a tu madre a bailar. ¿A qué hora llega a casa de trabajar?

Alfie se encogió de hombros.

–A lo mejor trabaja esta noche –respondió–. Pero si

tiene turno, es probable que no vaya porque tú has vuelto. Aunque a veces, cuando llega...

Se oyó un ruido espantoso detrás de ellos: las puertas de veinte vagones cerrándose una a una. Alfie alzó la vista: había oído aquel estruendo montones de veces todos los días desde que trabajaba en la estación y no lo soportaba; era como metralla, rápidas ráfagas una detrás de otra, y parecía que no fuera a acabarse nunca, pero cuando miró a su padre, Georgie estaba con las manos en los oídos, acuclillado, con la cabeza gacha.

–Papá –dijo Alfie, y se enderezó–. Papá, ¿qué te pasa?

Un grito espantoso salió de la boca de su padre, una mezcla de gimoteo y sollozo, y Alfie miró el tren; aún faltaban unas diez puertas por cerrarse.

«¡Pum! ¡Pum! ¡Pum! ¡Pum!»

–¡Papá!

–Alfie, ayúdame –suplicó él–. Deténlos...

«¡Pum! ¡Pum! ¡Pum! ¡Pum!»

–¡Alfie, agáchate! No te quites el casco.

«¡Pum!»

–A la de tres, salimos de la trinchera, ¿vale? ¡Tres!

«¡Pum!»

–¡Dos!

«¡Pum!»

–¡Uno!

Georgie se retiró las manos de la cara y se levantó de un salto, pero Alfie fue más rápido que él y lo agarró por la cintura para que no echara a correr.

–Papá, no pasa nada, soy yo, soy Alfie. Sólo eran las puertas del tren, nada más.

Georgie miró las vías y despacio, muy despacio, comenzó a asentir, de nuevo en el presente. Estaba pálido. Tenía gotas de sudor en la frente. Pareció que las piernas le fallaban y volvió a sentarse.

–Las pastillas, Alfie –dijo–. Necesito las pastillas. Va a estallarme el corazón.

A Alfie se le revolvió el estómago de lo enfadado que estaba consigo mismo. Había olvidado coger las pastillas del botiquín. Su padre tendría que esperar a que regresaran a casa.

–No las he traído –confesó–. Lo siento, papá. Me las he dejado en casa. Podemos volver a buscarlas si quieres.

–No puedo hacer eso –gimoteó Georgie, y volvió a hurgarse los bolsillos–. Un cigarrillo, al menos. Dempster, en la trinchera siguiente, tiene un paquete. Dile que le daré dos el martes si hoy me presta uno. Es un buen trato, ¿no?

Alfie asintió. Cogió la gorra del suelo y sacó las monedas que siempre dejaba para animar a los clientes. El estanco estaba al fondo de la estación, junto a la vía seis.

–Te traeré tabaco –dijo.

–Dempster –insistió Georgie.

–Sí. Se lo pediré a él. Uno ahora a cambio de dos el martes. Entendido.

Miró a su padre por un momento, sin estar seguro de si debía dejarlo solo, pero le costaría más conseguir que se levantara y fuera con él hasta el fondo de la estación. Si iba corriendo, no tardaría ni dos minutos.

–Quédate aquí –le indicó Alfie con aire resuelto–. ¿Me oyes, papá? Quédate aquí.

–Y luego corre –mascculló Georgie; otra vez aquella frase que su padre repetía sin cesar.

–¿Qué es eso? –preguntó Alfie, y se arrodilló delante de él–. ¿Qué significa?

–El sargento –respondió Georgie, sin despegar los ojos del suelo–. Nos lo decía todas las noches antes de que saliéramos a combatir. Nos ponía en fila en las escaleras de la trinchera. Una fila de hombres con la cabeza casi a la altura del suelo. La siguiente fila unos cuantos peldaños más abajo, preparados para seguirles. Y los siguientes en el suelo de la trinchera, listos para empezar a subir las escaleras. Teníamos que esperar hasta que cada fila salía a combatir y entonces nos tocaba a nosotros. No debíamos movernos hasta que los hombres que iban delante se hubieran perdido entre el humo y la metralla. «Quedaos en la trinchera y luego corred», eso nos decía. «Quedaos en la trinchera y luego corred.» Todas las noches. Todas las noches, Alfie.

Georgie se apretó otra vez las sienes y dio un débil grito de dolor, como un animal atrapado en una trampa, y Alfie giró sobre sus talones y corrió al estanco. Fumar le quitaría el dolor, estaba seguro de que lo haría. El cliente que tenía delante tardó una eternidad en contar las monedas, y Alfie se volvió para asegurarse de que su padre seguía sentado en la silla, pero la estación estaba muy concurrida y la gente se lo tapó.

–Diez cigarrillos –dijo cuando por fin le tocó, y dejó las monedas en el mostrador.

–¿De cuáles? –preguntó el estanquero.

–¡Los que sean! Me da igual. Los más baratos.

El hombre asintió y se volvió para abrir un cajón y coger

una cajetilla vacía de un estante. Mientras contaba los cigarrillos, un jefe de tren tocó el silbato antes de gritar que el tren con destino a Liverpool estaba a punto de partir de la vía tres, la vía más próxima al puesto de limpiabotas de Alfie.

–¡Deprisa, por favor! –gritó Alfie.

Se volvió, y allí estaba otra vez, una figura abriéndose paso entre el gentío. Alguien a quien Alfie conocía, pero desapareció tan deprisa que no pudo reconocerle. Miró alrededor; caos por doquier. Ruido. Movimiento.

–Vísteme despacio que tengo prisa –dijo el estanquero–. No quiero contarlos mal, ¿vale?

Los pasajeros habían echado a correr hacia el tren y la chimenea de la locomotora de vapor silbó. Alfie vio que el jefe de tren se acercaba al tren, vio una larga de hilera de puertas abiertas ante él.

–Diez cigarrillos –dijo el estanquero–. Tres peniques, por favor.

«¡Pum!»

Habían cerrado la primera puerta del tren con destino a Liverpool.

«¡Pum! ¡Pum! ¡Pum!»

–Te falta un cuarto de penique –objetó el estanquero, y Alfie dio un grito de desesperación mientras metía la mano en el bolsillo y encontraba una sola moneda de un cuarto de penique en el fondo.

–Tenga –dijo.

Cogió el paquete y dejó la moneda en el mostrador.

«¡Pum! ¡Pum! ¡Pum! ¡Pum! ¡Pum!»

Alfie echó a correr y casi se cayó mientras se abría paso entre la multitud para regresar con su padre.

–¡Pasajeros al tren!

«¡Pum! ¡Pum! ¡Pum!»

–¡Mira por dónde vas, chaval!

–Perdone.

«¡Pum! ¡Pum! ¡Pum! ¡Pum!»

Por fin llegó al otro lado. Volvía a estar en su puesto de siempre y respiró aliviado. Se agachó, con flato, y le alivió ver que la silla seguía ocupada delante de su caja de limpiabotas. Cuando se enderezó, alargó la mano en la que llevaba el paquete de cigarrillos.

–¿Cigarrillos? –preguntó el señor Podgett, el hombre del banco–. Gracias, pero yo prefiero la pipa. ¿Es un servicio nuevo? ¿Lustras los zapatos y regalas un cigarrillo? Muy innovador, jovencito, pero no estoy seguro de que sea buena idea. Se te comerá las ganancias.

Alfie lo miró, se volvió y miró por toda la estación con los ojos desorbitados. No veía a su padre por ninguna parte. Georgie había desaparecido.

Se había quedado «en la trinchera».

Y luego había corrido.

13

Hay un largo, largo camino que serpentea

Alfie entró corriendo en el número doce y se derrumbó en el primer peldaño de las escaleras con la cabeza entre las manos. Reflexionó sobre todo lo que había sucedido ese día y no se pudo creer que hubiera sido tan estúpido. No tendría que haber sacado a Georgie del hospital jamás, ¡por supuesto que no! ¿Cómo podía haber cometido semejante estupidez? Lo único que siempre había querido era ayudar a su padre, llevarlo a casa con su familia. Y ahora lo había perdido. ¿Qué haría si ya no volvía a aparecer?

Oyó voces en el salón y alzó la vista, esperanzado. Puede que Georgie hubiera regresado solo. Se levantó de un salto y corrió al salón, donde encontró a Margie arrellanada en el sillón roto de la chimenea, hablando con una persona que estaba sentada en el sofá. Se dio la vuelta, esperando ver a su padre, pero no, era la abuela Summerfield.

–Alfie –dijo ésta–, ¿qué te pasa? Tienes cara de culpa, y no soporto a los niños con cara de culpa.

Alfie se volvió hacia su madre, que lo miró con los ojos entrecerrados, recelosa.

–Estás pálido, sí –convino–. Y tienes los ojos rojos. ¿Has estado llorando?

Alfie negó con la cabeza. Lo cierto era que no había llorado, pero había estado sentado con la cabeza entre las manos, y eso podía explicar el enrojecimiento.

–No –respondió.

–¿Dónde estabas? –preguntó la abuela Summerfield. Se inclinó hacia delante y se quitó las gafas–. Tienes toda la pinta de no haber hecho nada bueno.

–¡Yo no he hecho nada! –gritó Alfie, alzando la voz como jamás había hecho delante de su abuela.

–¡Alfie! –le reprendió Margie.

–¿Qué? –preguntó él, y la miró de hito en hito antes de alzar los brazos con exasperación–. Me voy a mi cuarto –añadió.

Salió al pasillo y corrió a su habitación, donde, tras cerrar de un portazo, se dejó caer en la cama y se puso a reflexionar sobre los acontecimientos de las últimas dos horas.

Georgie había desaparecido cuando él estaba en el estanco, y Alfie suponía que el estruendo de todas las puertas del tren al cerrarse era lo que le había perturbado. Ya había reaccionado mal a aquel ruido. Por otra parte, se había expresado de un modo muy extraño, con frases inconexas. Recordó qué le había explicado el doctor Ridgewell sobre la neurosis de guerra: cómo algunos soldados que regresaban del frente parecían estar bien físicamente pero, por dentro, mentalmente, estaban muy enfermos. Ésa era la impresión que le habían dado muchos de los pacientes del East Suffolk. Incluso los que habían sufrido amputaciones y quemaduras o los que llevaban el brazo en cabestrillo o la pierna enyesada tenían la mirada ausente y se mecían de un lado al otro o lloraban. Parecía que sufrieran más que nadie que Alfie hubiera visto nunca, incluso más de lo que sufrió él cuando Charlie Slipton del número veintiuno le tiró una piedra a la cabeza sin ningún motivo.

Georgie debía de haber salido corriendo de la estación, dedujo Alfie, cuando los portazos habían empezado. Debía de haberse asustado. Pero ¿adónde podía ir? Quizá se había subido a un tren sin fijarse en el destino. En ese caso, el revisor le pediría el billete en algún momento del trayecto y, al ver que no lo tenía, lo echaría del tren en la parada siguiente. ¿Y qué sucedería entonces? Un hombre que sólo llevaba un pijama debajo de un viejo pantalón y una chaqueta. ¿Cómo encontraría el camino de regreso a casa?

Llamaron a la puerta con un redoble, y Alfie se sobresaltó. Oyó que Margie salía a abrir, y un murmullo de voces subió por el hueco de las escaleras y se coló por debajo de la puerta de su cuarto. Salió al rellano y aguzó el oído.

–Bill –dijo Margie.

–Perdona que te moleste, Margie –se disculpó el Viejo Bill Hemperton–. Probablemente no es nada, pero he pensado que debía venir a contártelo.

–Pasa al salón –le indicó ella–. Estoy con la abuela Summerfield.

Dicho aquello, entraron y cerraron la puerta, con lo que Alfie dejó de oírlos. Se quedó en el rellano, mordiéndose el labio, sin estar seguro de si debía o no bajar. El Viejo Bill sólo podía haberse pasado para decirles una cosa; la misma cosa por la que se había pasado antes.

Por un momento, Alfie se preguntó si no debería coger

algo de ropa, la caja de limpiabotas, el dinero que quedaba en el cajón de los calcetines y el libro de *Robinson Crusoe*, y darse a la fuga. Podía regresar a la estación de King's Cross y coger un tren a alguna parte, a cualquier parte, comenzar una nueva vida. En definitiva, ¿qué necesitaba aparte de su caja de limpiabotas? «Es una forma honrada de ganarse el pan», había dicho Georgie.

–¡Alfie!

La puerta del salón se abrió y Margie le gritó desde el pie de las escaleras. Él volvió a meterse en su cuarto y cerró la puerta.

–¡Alfie! –volvió a gritar su madre–. Baja ahora mismo.

No tenía escapatoria. Abrió la puerta, bajó despacio y entró en el salón, donde Margie estaba sentada con la cara lívida de preocupación, el Viejo Bill parecía arrepentido y la abuela Summerfield se enjugaba las lágrimas con el pañuelo y decía:

–¿Y ahora qué? ¿Qué es lo siguiente que va a pasarnos?

–Lo siento, chaval –añadió el Viejo Bill, y se encogió de hombros–. Pero un hombre tiene que hacer lo que debe y todas esas bobadas. ¿Sin rencores?

Alfie no dijo nada; miró a su madre de hito en hito y esperó a que hablara.

–Dime que Bill se equivoca –pidió ella, por fin, y la voz se le quebró un poco.

–¿En qué?

–Alfie, sólo te lo voy a preguntar una vez. ¿A quién has traído a casa esta tarde?

Alfie lo pensó y vaciló.

–¿Esta tarde? –preguntó, como si habitualmente llevara a casa a montones de gente pero no estuviera muy seguro de a quién había llevado ese día.

–¡Alfie!

–A nadie –se apresuró a contestar–. Aquí no había nadie. Sólo yo.

–Bill no dice eso.

–Bill tiene cien años. Está medio loco.

–¡Vaya por Dios! –exclamó el Viejo Bill, mientras negaba con la cabeza y se reía.

–Alfie, ¿ha estado aquí tu padre? Dime la verdad.

Alfie tragó saliva y se dio cuenta de que estaba a punto de llorar. Masculló algo, y Margie se acercó tan deprisa que él retrocedió asustado.

–¿Qué has dicho? –preguntó, casi gritando.

–¡Me dijiste que estaba en una misión secreta para el Gobierno! –rugió Alfie–. Eso fue lo que me dijiste. Pero no es verdad. Estaba en el hospital. Y no me has dejado ir a verlo.

–Oh, Alfie –exclamó Margie en voz baja, y se dejó caer en el sillón roto de la chimenea–. ¿Qué has hecho?

–Yo no he hecho nada –afirmó Alfie.

–Así que era él –dijo el Viejo Bill–. Lo sabía. Puedo ser viejo, Alfie Summerfield, pero conozco a tu padre desde que era un renacuajo y lo he reconocido cuando ha pasado por delante de mi ventana.

–¿Qué aspecto tenía? –preguntó Margie.

–Pues no sé –respondió Bill, y se encogió de hombros–. Sólo lo he visto a través del visillo. La verdad, no sabría decirte.

–¿Dónde está, Alfie? –preguntó Margie–. ¡Dímelo! Espera, ¿está arriba? Sí, ¿verdad? ¡Lo tienes arriba en tu cuarto! ¡Georgie! –gritó. Se levantó de un salto, corrió al pasillo y subió las escaleras de dos en dos, algo que Alfie jamás la había visto hacer–. Georgie, ¿estás aquí?

Irrumpió en el cuarto, y Alfie la oyó abrir el armario y tirarse al suelo para mirar debajo de la cama. Justo entonces llamaron otra vez a la puerta, y Alfie se quedó un momento mirándola antes de sentir alivio. Era él, tenía que serlo. Estaba bien. Había regresado a casa. Agarró el picaporte, abrió y, por un instante, no pudo dar crédito a sus ojos.

No era Georgie Summerfield el que estaba en la puerta.

Era el doctor Ridgewell.

–Usted –dijo Alfie, sin salir de su asombro.

El médico entrecerró los ojos y frunció el entrecejo, como si lo reconociera vagamente pero no consiguiera recordar de dónde.

–Éste es el número doce, ¿verdad? –preguntó–. ¿El domicilio de los Summerfield?

–Sí –respondió Alfie, con voz entrecortada.

–¿Está tu madre en casa?

–Alfie, ¿quién es?

Margie bajó y, tras abrir más la puerta, se quedó estupefacta al ver quién había en la puerta de su casa.

–¿Señora Summerfield? –preguntó el doctor Ridgewell.

–Así es.

–¿Puedo pasar? Soy Max Ridgewell. Un médico del East Suffolk.

–Ya nos hemos visto –contestó Margie–. Seis veces, al menos.

–Ah, ¿sí?

–Sí.

El doctor Ridgewell negó con la cabeza y tuvo la cortesía de parecer avergonzado.

–Lo siento, señora Summerfield. Hay tanta gente, compréndalo. Esposas, madres. No siempre recuerdo a todo el mundo.

–Pase –dijo Margie. Terminó de abrir la puerta y lo condujo al salón–. Éstos son mi suegra y mi vecino, el señor Hemperton.

–Buenas tardes –saludó el doctor Ridgewell–. Quizá deberíamos hablar a solas, señora. Hay cosas que...

–Cualquier cosa que tenga que decirme puede decírmela delante de ellos –se apresuró a contestar Margie. Alzó la mano y los incluyó y excluyó en el mismo gesto–. ¿Lo han encontrado?

El doctor Ridgewell vaciló y pareció sorprendido.

–Entonces ¿sabe que ha desaparecido?

–Lo he supuesto. A Bill le ha parecido verlo hace un rato. Y Alfie –Margie señaló a su hijo con la cabeza– tiene algo que ver. Sólo que todavía no nos lo ha contado. ¿Verdad, Alfie?

El doctor Ridgewell levantó un dedo largo y huesudo.

–Te conozco, ¿verdad? –dijo.

–No.

–Sí que te conozco. ¿De qué? Tu cara me suena. –Negó con la cabeza y se puso a pensar–. Espera un momento –añadió un poco después–. ¿Tú no eres...? Tú eres el limpiabotas.

–¿El qué? –preguntó Margie.

–En King's Cross. Eres tú, ¿verdad?

–No –dijo Alfie, y miró a otra parte.

–¡Sí que lo eres!

–Alfie, ¿de qué habla? –preguntó Margie–. ¿Limpiabotas? Tú no... El olor a betún –comprendió, y negó con la cabeza–. En tu cuarto. Siempre lo comento.

–Está bien. Limpio zapatos en la estación –reconoció Alfie–. Pero sólo para echar una mano. Para echarte una mano a ti. Te meto el dinero en el monedero. ¡Tú lavas ropa de otros! ¡La zurces! Yo hago mi parte, como todo el mundo.

–Limpiabotas –dijo la abuela Summerfield. Se tapó la cara y pareció horrorizada–. ¿Hemos caído tan bajo? ¿En qué nos hemos convertido?

–Oigan, ¿podemos dejar esto por ahora? –preguntó el doctor Ridgewell–. Estoy aquí por su marido, señora Summerfield. ¿Se da cuenta de que ha desaparecido? Ya no está en el hospital. Y me han informado de que han visto a un niño merodeando por el edificio.

–Alfie, ¿dónde está? –gritó Margie, y lo agarró por los hombros–. ¡Dímelo! No está bien. ¿Es que no lo ves? ¡Tu padre no está bien! ¿Dónde lo has...?

–¡No lo sé! –gritó Alfie, y se echó por fin a llorar–. Lo he perdido.

–¿Lo has perdido?

–Estaba conmigo en la estación. He ido a comprarle cigarrillos, y ha desaparecido. Había mucho ruido, ¿sabes? Puertas cerrándose. Creo que se ha asustado y...

–No aguanta los ruidos fuertes –dijo el doctor Ridgewell–. La mayoría no los aguanta. Es por todos los bombardeos que han tenido que soportar. Les han destrozado el sistema nervioso. Por eso intentamos que el hospital sea un lugar donde reine la paz y la tranquilidad. Por eso no permitimos las visitas de niños.

–Yo no sabía que Alfie iba –espetó Margie–. De haberlo sabido, jamás se lo habría permitido. Pero tenemos que encontrarlo. Está por ahí, en algún sitio. ¿Quién sabe qué podría pasarle? Bill, ¿qué te parece si tú y yo...?

Llamaron de nuevo a la puerta, y todos se volvieron.

–Ya voy yo –se ofreció la abuela Summerfield.

Se levantó y salió al recibidor. Cuando hubo abierto la puerta, volvió a cerrarla de golpe y regresó resueltamente al salón.

–¿Quién era? –preguntó Margie.

–Nadie –respondió la abuela Summerfield–. Bien, doctor, estaba diciendo...

–¡No puede no haber sido nadie! –gritó Margie, y antes de que el doctor Ridgewell pudiera decir nada más, volvieron a llamar.

–¡Ignóralo! –exclamó la abuela Summerfield.

–¡No voy a ignorarlo! –replicó Margie.

Salió del salón, roja de ira. Abrió la puerta y allí estaba Joe Patience, el objetor del número dieciséis.

–Joe –dijo Margie, con un suspiro–, no es buen momento.

–Está sentado en mi salón –explicó Joe.

–¡No dejes entrar a ese hombre! –gritó la abuela Summerfield. Salió al recibidor hecha una furia y miró a Joe Patience como si fuera la encarnación del diablo–. ¡Dale con la puerta en las narices, Margie!

–Señora Summerfield... –dijo Joe.

–¡No me llames «señora»! –rugió la abuela Summerfield, y se encaró con él–. ¡Con todo lo que he hecho por ti, Joe Patience! ¡Con todo lo que he hecho! ¿Y cómo me has correspondido? Mi hijo se va a la guerra y tú...

–¡No podía!

–¡Porque eres un cobarde!

–¡Porque no quiero hacer daño a la gente! ¡Como me lo hicieron a mí!

–¡Cobarde!

–¡Cállate! –rugió Margie, y miró a su suegra como si fuera a descuartizarla–. Joe, ¿qué es lo que acabas de decir?

–Está sentado en mi salón –repitió Joe.

–¿Quién? –preguntó la abuela Summerfield.

–Su hijo –respondió Joe–. Tu marido –añadió, y miró a Margie–. Tu padre –dijo, y se volvió hacia Alfie, que estaba detrás de su madre y su abuela–. Está sentado en mi salón.

Al principio, nadie se movió. Luego Margie echó a correr. Pasó por el lado de Joe y corrió hasta el número dieciséis, donde la puerta estaba abierta, y entró.

–¿Qué has hecho? –preguntó la abuela Summerfield, confundida, con una voz cargada de perplejidad.

–Yo no he hecho nada –respondió Joe–. Alfie lo ha traído a casa, ¿verdad, Alfie?

La abuela Summerfield miró a su nieto justo cuando el Viejo Bill Hemperton y el doctor Ridgewell salían al recibidor.

–Quería salvarlo –arguyó Alfie–. Eso es todo. Tú no sabes cómo es el hospital.

–Alfie acudió a mí –explicó Joe a la abuela Summerfield–. Me contó lo que tenía previsto hacer. Supongo que debería habérselo dicho a usted o a Margie. Pero no creí que fuera a seguir con ello. Aunque hoy los he visto. Y no estaba seguro de qué era lo mejor. No podía venir aquí. Georgie no parecía estar bien; eso lo entiende, ¿no? He pensado que, si venía, era posible que sólo consiguiera perjudicarlo en lugar de ayudarlo, así que he preferido esperar. Los he seguido. Alfie lo ha llevado a King's Cross. Los he vigilado. Y cuando Georgie ha echado a correr, he corrido tras él. Lo he alcanzado. Le he invitado a una copa, Elsie. Y hemos hablado. Como en los viejos tiempos. Y después lo he traído a casa. –Suspiró–. Creo que se va a poner bien, ¿sabe? Si todos lo ayudamos.

Hubo un largo silencio, y la abuela Summerfield dulcificó la expresión.

–Has corrido tras él –dijo, en voz baja.

–Pues claro –afirmó Joe, también en voz baja–. ¿Después de todo lo que hizo usted por mí? Es mi amigo más antiguo. Claro que he corrido tras él.

La abuela Summerfield apartó la mirada. Vaciló un momento antes de alzar la mano izquierda para tocarle las lisas quemaduras que le separaban el nacimiento del pelo de la frente.

–Joe –dijo. Nada más.

–Lo siento –intervino el doctor Ridgewell, y dio un paso hacia delante–. Pero su hijo... tengo que verlo.

–Por supuesto –dijo Joe Patience, y se apartó de la puerta. En ese momento, la abuela Summerfield se adelantó y lo cogió del brazo–. Está en casa. Vengan, todos.

Joe, el doctor Ridgewell, la abuela Summerfield, Alfie y el Viejo Bill Hemperton cruzaron la calle a toda prisa y entraron rápidamente en el número dieciséis. Dentro encontraron a Margie y a Georgie sentados juntos en el sofá, abrazados, cada uno con la cabeza apoyada en el hombro del otro.

–¡Georgie! –gritó la abuela Summerfield, y corrió a abrazarlos.

–Ayudadme –susurró Georgie, y miró a su madre y a su mujer–. Ayudadme. Por favor. Que alguien me ayude. La cabeza...

–¿Estás bien, Georgie? –preguntó el Viejo Bill Hemperton, con el cuerpo inclinado hacia delante.

–Señor Summerfield, soy yo, el doctor Ridgewell.

–¡Papá!

Alfie se abrió paso entre los adultos y se pegó contra el cuerpo de su padre, lo rodeó por la cintura y apartó a todos los demás.

Un momento después se oyó un gran alboroto en la calle y todos, salvo Alfie y Georgie, volvieron la cabeza para mirar por la ventana.

–¿Qué diablos...? –preguntó el Viejo Bill Hemperton cuando vio que todas las puertas comenzaban a abrirse y los vecinos de enfrente salían a la calle y empezaban a llorar y a abrazarse–. ¿Qué pasa ahí?

–Quedaos aquí –dijo Margie, y salió a la puerta justo cuando Helena Morris, del número dieciocho, y la señora Tamorin, del número veinte, pasaban corriendo por delante.

–¿Qué ocurre? –gritó Margie–. ¿Qué está pasando? ¿A qué viene tanto follón?

–¡Se ha acabado! –exclamó la señora Tamorin, emocionada–. ¿No te has enterado? La guerra se ha acabado. Hemos ganado.

En el sofá, Georgie cerró los ojos con fuerza, y las lágrimas comenzaron a rodarle por las mejillas mientras estrechaba a su hijo entre sus brazos aún más fuerte.

La guerra por fin se había acabado.

Y aún faltaban seis semanas para Navidad.

14

Llévame de vuelta a mi querida Inglaterra

Kalena Janáček miró en el salón de su casa del número seis de Damley Road y vio a su padre sentado en un sillón con un periódico desplegado en el suelo. A su izquierda había una caja de limpiabotas abierta hecha con madera de caoba de color marrón oscuro. Era dos veces más larga que ancha y tenía un cierre dorado para sujetar la tapa a la base. En un lado llevaba grabada la palabra «Holzknecht» y un emblema que representaba una temible águila de mirada feroz que se cernía sobre una montaña.

El señor Janáček estaba lustrándose los zapatos.

–¿Tienes el regalo? –preguntó Kalena, y su padre asintió. Señaló la mesa, donde había un ejemplar de *Grandes esperanzas*, de Charles Dickens.

Era julio de 1922, casi cuatro años después del final de la guerra, y Alfie Summefield cumplía trece años.

–Es hora de irnos –dijo el señor Janáček. Se puso los zapatos y se levantó. Cogió el bastón, el que había comprado a su regreso de la isla de Man; el mismo que le ayudaba a ir y venir del número seis a la tienda de golosinas. Por supuesto, su pierna estaba bien antes de que se los llevaran;

aquello era una secuela de su internamiento–. ¿Les damos hoy la noticia o esperamos? –preguntó. «¿Les damos hoy la notisia o esperramos?»

–Hoy no –respondió Kalena, y negó con la cabeza–. Esperemos a que haya pasado el cumpleaños de Alfie. Se la daremos mañana.

–De acuerdo. Pero supongo que tendría que descolgar el cartel –dijo el señor Janáček al salir de casa.

Miró la tienda, donde había un cartel de «SE VENDE» desde que a él y a su hija los habían mandado de vuelta a Londres en 1919 como si fueran correo remitido a otra dirección. Todos los vecinos pensaban que sólo era para impresionar, que los Janáček no se irían jamás, pero ellos habían acordado que, una vez terminara su internamiento, se marcharían de Inglaterra para no regresar jamás. Sencillamente habían tardado todo aquel tiempo en vender la tienda.

–¿Cuándo nos iremos, por cierto? –preguntó Kalena.

–El papeleo tardará un par de semanas. Si todo va bien, deberíamos estar en Praga a finales de mes. Y en lo que a mí respecta, cuanto antes llegue ese día, mejor.

–¿No vas a añorar Londres ni un poco? –le preguntó su hija mientras lo cogía por el brazo, y él negó con la cabeza.

–¿Por qué razón iba a añorarla? –dijo–. No es mi hogar. Nunca lo ha sido. Pensaba que lo era, pero me equivocaba. Ojalá no volviera a ver Inglaterra nunca más. Tú sientes lo mismo, ¿verdad?

Kalena vaciló. Quería marcharse, por supuesto. Pese a que había nacido en aquel país, la habían tratado como a una extranjera, y eso no se lo podía perdonar. Sin embargo, recordaba que antes de la guerra había sido feliz, que había tenido muchos amigos; el mejor de todos, Alfie.

–¿Te puedes creer que hoy haga justo ocho años que estábamos dentro de esta casa lamentándonos de que hubiera estallado la guerra? –preguntó el señor Janáček antes de llamar a la puerta de los Summerfield–. Y, no obstante, parece que haga cien años, ¿no crees? Ya nada es como era. –«Ya nada es como erra»–. Ahora todo me parece una ilusión. Yo no hice nada malo. Y esta gente me ha destrozado.

En la cocina del número once, la abuela Summerfield tocó el bizcocho que había horneado por la mañana. Ya se había enfriado. Abrió el frigorífico y sacó el glaseado que tenía preparado. Harina, azúcar, leche, nata; aún se le hacía raro volver a tener acceso a aquellos productos después de tantos años de no poder encontrarlos. Por supuesto, no estaban en todas partes. Había que saber adónde ir y tener buenos contactos entre los tenderos. Pero aun así, las cosas habían mejorado mucho desde que la guerra había terminado. Todo estaba retornando a la normalidad, y se decía que aquella guerra había sido la última; jamás volverían a ser testigos de nada igual.

Siempre le había gustado la repostería, y una de las cosas que más le había costado durante aquellos años era no poder preparar pasteles para compartirlos con sus seres queridos. Se acordó de cuando aprendió a cocinar de pequeña, ¡qué aventura le había parecido! Ahora, por supuesto, cocinaba más que nunca, aunque ya estaba un poco mayor. Margie apenas tenía tiempo de nada, con todos los cambios que habían sucedido enfrente, en el número doce, pero a ella no le importaba; le gustaba echar una mano.

Se sentó, segura de que lo tenía todo listo para la fiesta de ese día, y se arrellanó en el sillón para echarse un sueñecito justo cuando el Viejo Bill Hemperton puso el megáfono en marcha al otro lado de la calle y los primeros melancólicos acordes del nuevo disco que había comprado comenzaron a sonar. Naturalmente, en otro tiempo, la abuela Summerfield habría atravesado la calle como una flecha, habría aporreado su puerta y le habría dicho que bajara la música, pero ya no hacía eso. La vida era demasiado corta.

Y, además, aquella canción le gustaba bastante.

Margie consultó su reloj y sofocó un grito. Esperaba poder terminar en el hospital a la hora de comer para tener tiempo de preparar la fiesta de Alfie y allí estaba: era casi la una, y nada indicaba que fuera a marcharse.

–¡Enfermera Summerfield!

Margie se volvió y vio a la supervisora acercándose resueltamente a ella, moviendo los brazos con brío al andar.

–¿Sí, supervisora?

–Sé qué hoy quería irse antes a casa, pero ¿podría quedarse un poco más?

Margie negó con la cabeza.

–No puedo. Lo haría si pudiera, pero es el cumpleaños de mi hijo. Le he prometido que estaría en casa.

–Claro, claro –dijo la supervisora, con el entrecejo fruncido–. No se lo pediría, pero...

Margie suspiró. Ya llevaba cinco años en el hospital, y

a veces no terminaba de creerse que hubiera seguido trabajando después de la guerra. Por otro lado, jamás se había planteado marcharse. El trabajo le parecía interesante, y le gustaba ayudar a la gente. Y, además, la sociedad había cambiado. A diferencia de antes, ya no estaba mal visto que una mujer casada trabajara fuera de casa. Todo había empezado a cambiar, para bien.

–¿Qué ha pasado? –preguntó.

–Es sólo un hombre joven al que acaban de traer –explicó la supervisora–. Está mal, el pobre. Ayer debió de tener un bajón e hizo una tontería. Sobrevivirá, desde luego, pero estamos esperando a que lleguen sus padres. He pensado que podría hacerle compañía un rato.

–¿Cuántos años tiene? –preguntó Margie en voz baja.

–Unos veintisiete, diría yo.

Margie asintió. Sabía qué significaba eso.

–¿Dónde está?

–En el pabellón St. Agatha. Tercera cama. He hablado con su padre; estará aquí en media hora. Puede irse en cuanto llegue. No le importa, ¿verdad?

Margie sonrió y negó con la cabeza.

–No –respondió–. No me importa.

Se dirigió al pabellón St. Agatha y entró. No le costó saber a qué cama se refería la supervisora. El hombre estaba acostado de lado, con lágrimas rodándole por las mejillas. Cuando vio que Margie se acercaba, metió los brazos bajo las mantas, pero no antes de que ella alcanzara a verle los apretados vendajes de las muñecas. Acercó una silla y se fijó en el nombre escrito sobre la cama, Cecil Cratchley, antes de sonreírle y ponerle la mano en el hombro.

–Hola, Cecil –dijo.

El hombre joven parpadeó unas cuantas veces, aunque no dijo una palabra.

–Soy la enfermera Summerfield –continuó Margie–. Voy a hacerte compañía durante un rato, si te parece bien. Creo que tus padres están de camino. Y después vamos a cuidar muy bien de ti, toda la gente del hospital, y tus padres. Vamos a resolverlo todo y, antes de que te des cuenta, te encontrarás perfectamente. ¿Me oyes, Cecil? Vas a recuperarte por completo y, cuando más adelante recuerdes esta época, te preguntarás qué te angustiaba tanto. Todo, Cecil, va a ir bien.

Y de algún modo el hombre pareció creerla, porque la miró a los ojos e hizo un amago de sonrisa. Margie también le sonrió. Aquello se le daba bien. Lo cierto era que por fin había encontrado una cosa que se le daba bien.

Señor Asquith iba feliz trotando por Damley Close, meneando la cola de vez en cuando para espantar las moscas. Nunca le había entusiasmado tirar del carro de la leche, pero sólo se vivía una vez y había que salir adelante como fuera. Y, además, habían mandado al payaso de Henry Lyons a otra parte, y su amigo, su verdadero amigo (¿dónde se había metido?), estaba de nuevo al timón. Suponía que había peores formas de ganarse el pan.

Georgie Summerfield terminó de repartir las lecheras justo después de la una de la tarde y, con el carro vacío, puso rumbo a la vaquería. Se encendió un cigarrillo con el entrecejo ligeramente fruncido.

–¿Sabes? –dijo–, estoy pensando en dejarlo. No puede ser bueno, ¿verdad?

Alfie se encogió de hombros. Últimamente lo hacía a menudo. Margie decía que era la edad. A Georgie no le importó. Sabía que su hijo se estaba haciendo mayor. Si eso era lo peor que hacía, habrían tenido bastante suerte.

–¿Te acuerdas de cuando me suplicabas que te dejara venir conmigo en el carro, hijo? –le preguntó, y Alfie sonrió, porque ése era un buen recuerdo.

–Y tú nunca me dejabas –contestó.

–Bueno, eras demasiado pequeño –adujo Georgie–. ¡En qué lío me habría metido! El jefe se habría puesto hecho una furia, y eso no es nada comparado con lo que habría hecho tu madre. ¡No me atreví, Alfie! ¡No tuve valor!

Alfie negó con la cabeza y miró a su padre.

–Valor tenías –dijo, en voz baja–. Al menos eso lo sé.

Georgie asintió y redujo la marcha cuando Joe Patience salió de la biblioteca situada a la derecha de la calle. Tocó la bocina, y Joe pareció sorprendido, pero les saludó con la mano cuando los vio sentados juntos en el carro.

–Ahora le va estupendamente, ¿no? –dijo Georgie, mientras le devolvía el saludo–. Veo su libro en el escaparate de todas las librerías por las que paso. Quiero comprármelo para leerlo, pero no creo que pueda concentrarme durante tanto rato.

–Puedo prestarte el mío si quieres –se ofreció Alfie.

–¿Lo has leído?

–Sí.

–¿Qué tal es?

Alfie sonrió.

–Cochino –respondió, y Georgie se rió a carcajadas.

–Entonces a lo mejor le echo una ojeada –dijo, y negó con la cabeza–. Pero ni una palabra a tu madre, ¿vale? Por cierto, ¿qué hora es?

Alfie miró el reloj.

–Casi la una y media –respondió.

–Perfecto –dijo Georgie–. Devolveremos el carro, lavaremos a *Señor Asquith* y estaremos en casa a tiempo de cambiarnos antes de que lleguen los invitados. –Silbó un momento entre los dientes–. Trece años –musitó–. Hace que me sienta viejo. No me puedo creer lo mayor que te has hecho. ¿Te hace ilusión la fiesta?

Alfie no dijo nada, y Georgie lo miró sorprendido.

–No estás ilusionado, ¿verdad? Te lo noto en la cara.

–No es eso –explicó Alfie–. Para serte sincero, creo que, de hecho, los cumpleaños no me gustan.

–¿Qué? ¡A todo el mundo le gustan!

–Pues a mí no –reiteró Alfie–. Siempre me recuerdan cómo fue tener cinco años. Y cómo fue tener seis, siete, ocho y nueve.

Georgie asintió y guió a *Señor Asquith* hacia la izquierda.

–Todo eso ya pasó –arguyó–. Ahora se avecinan tiempos mejores. Los últimos años han sido buenos, ¿verdad? Sé que me ha costado un tiempo... bueno, ponerme mejor. Pero últimamente estoy bien, ¿verdad? Duermo, como, trabajo.

–Aún tienes pesadillas –dijo Alfie en voz baja.

–Pero no tan a menudo como antes. De veras, Alfie, estoy bien. No tienes de qué preocuparte. Y, oye, aquí estamos en este bonito día de verano, padre e hijo, repartiendo juntos la leche como tú siempre quisiste hacer. No está nada mal, ¿no?

Alfie sonrió y negó con la cabeza.

–No –convino–. En conjunto, está bastante bien.

Circularon en silencio durante unos cuantos minutos, y sólo cuando tuvieron la vaquería a la vista volvió a hablar Georgie.

–Creo... creo que, de hecho, nunca te he dado las gracias, ¿no, Alfie?

–¿Por qué?

–Por tener éxito en tu misión secreta –le respondió Georgie, con una sonrisa–. Por ir a buscarme al hospital. Por sacarme de allí.

–No fue muy sensato cuando lo pienso –objetó Alfie.

–No, pero al final todo salió bien. Para mí, verte lo significó todo. Saber hasta dónde estabas dispuesto a llegar para llevarme de vuelta a casa. Eso fue lo que nos mantuvo a todos con vida en las trincheras, ¿sabes? La idea de que un día volveríamos a casa. Y veríamos a nuestras mujeres y a nuestros hijos. Vosotros sois lo que nos mantuvo con vida, incluso en los peores momentos.

Alfie volvió la cabeza y miró las casas por las que pasaban. No le gustaba hablar del pasado; sólo se alegraba de que ya hubiera quedado atrás y la vida hubiera vuelto a la normalidad. O a una normalidad distinta, al menos.

–Nunca supe qué pensabas –continuó Georgie–. Todos los líos en los que podrías haberte metido, todos los riesgos que corriste, lo mucho que trabajaste con la caja del señor Janáček. Todos los sacrificios que hiciste. Coger trenes tú solo cuando no habías subido a un tren en tu vida.

Ir a buscarme, llevarme a casa, salvarme. Nunca supe por qué pensabas que debías hacerlo.

Georgie entró el carro en la vaquería y tiró de las riendas para que *Señor Asquith* se detuviera. Dentro estaba oscuro, y se volvió para mirar a su hijo, su Alfie, que estaba preguntándose si podría volver a acompañarlo al día siguiente.

–Dime, hijo –continuó–, ¿por qué te tomaste tantas molestias?

Alfie se volvió y lo miró de hito en hito. Tenía muchos recuerdos en la cabeza, vivencias que en ocasiones no le dejaban dormir o le provocaban pesadillas similares a las de Georgie. La preocupación cuando su padre desapareció. El hedor del hospital. Los temblores de los pacientes. Su modo de hablar, los disparates que decían. Eran vivencias que jamás olvidaría, vivencias que influirían en el hombre que un día sería.

–¿Por qué, hijo? –repitió Georgie.

Alfie negó con la cabeza, apartó la mirada y se encogió de hombros por enésima vez ese día. No podía decirle la razón. Todavía no. Quizá cuando fuera mayor sería capaz de expresar las palabras en voz alta. En definitiva, ya las sabía. El señor Janáček se las había dicho hacía tiempo.

Lo había hecho por la mejor razón del mundo. Por amor.

Índice

Título de la edición original: *Stay Where You Are and Then Leave*
Traducción del inglés: Rosa Pérez Pérez,
cedida por Random House Mondadori, S. A.

Diseño: Winfried Bährle

Adaptación de la cubierta original de Doubleday / Random House Mondadori.
Ilustración: © Oliver Jeffers

Círculo de Lectores, S. A.
Travessera de Gràcia, 47-49, 08021 Barcelona
www.circulo.es
3 5 7 9 3 1 1 2 8 6 4 2

Depósito legal: B.26420-2013
Fotocomposición: Víctor Igual, S. L., Barcelona
Impresión y encuadernación: RODESA (Rotativas de Estella, S. A.)
Navarra, 2013. Impreso en España
ISBN 978-84-672-5840-0
N.º 20107